从容彼岸是生活

一滴水到海洋

林清玄 著

线装书局

目录

目录

目录

目录

自序

1

走过一家卖运动器材的店铺，看见墙壁上写着格言似的一行字：健康的乞丐比生病的国王更幸福。

我不禁觉得有趣。如果有一位健康的乞丐走过，他一定会觉得安慰，不过，如果是生病的人，不论贫富，看到这句格言都会难过的吧！

接着，我就想到这句话里语言的吊诡：一是乞丐与国王是不能比较的，可能有很多人宁可做生病的国王，也不愿做健康的乞丐；二是生病的国王可以花很多金钱，或用权势请来最好的医生，生病或有痊愈之日，而健康的乞丐必有老病之时，那时就真的很悲惨了；三是“健康的乞丐”在语意上根本说不通，凡是当了乞丐的，身心很少是健康的，身心健康的人何必去做乞丐呢?

这句话虽然有这么多说不通的地方，但它在象征的寓意上是好的，它告诫人们应该知道世上有许多事物胜过财富、名位、权势，因而在追求时应知所权衡。

或者我们可以延伸这个格言，写出类似的句子：

“有知识的平常人比无知的富翁更幸福。”

“抬头挺胸做人比垂头丧气念佛更幸福。”

“在寒冬里愉悦比在春天时苦恼更幸福。”

“有爱情的贩夫走卒比没有爱情的达官贵人更幸福。”

当然，最好是做健康的国王、有智慧的富翁，能抬头挺胸地念佛。但人间世相，不能双全，难以完美，往往只能取重卸轻，从内在建立绝对的价值，以面对生命的残缺。

天下间的每一滴水，都可以横越山河，进入海洋，但也可能在烈日的曝晒中蒸发，可能成为云朵在天空飘浮。无论如何，作为一滴水，就要有自清的立志，并有海洋般广大的祝愿，因为一滴水虽小，但海洋全是从那里来的。

一滴水虽小，清浊、冷暖却能自知。

2

我去访问一位画家，他一向以“难产”著名，要很长时间才作出一幅画，他非常郑重地对我说：“我作画不像一般的画家，他们作画好像游戏一样，一天画好几张，我的态度是很严肃的，因为我觉得我诞生在这个世界是有使命的，我的存在是为了艺术。”

我去访问另一位画家，他一向以快手著称，有时一天作好几幅画，他非常轻松地对我说：“我作画不像一般的画家，他们画画好像便秘一样，画不出来就觉得自己的作品严肃，是呕心沥血之作。我觉得艺术是一种生命的游戏，是为人而存在的，是为了使人喜悦、使人放松、使人感受心灵之美。没有人，艺术就毫无价值。”

我又去访问一位艺术家，他说：“我想画就画，不为了什么。艺术就像偶然的散步和工作。”

这个世界上，所有的事似乎都可以有很多完全不同的观点，然而，实践了什么才重要，观点反而是次要的。严肃难产的艺术家如果做出好艺术，那是好的；轻松快速的艺术家如果做出好艺术，也是好的；“不为什么”的艺术家如果做出好艺术，也是好的。

我们时常因为观点的不同，在生命里执着、争辩、相持不下，因而减损了我们实践的力量和向前的志气。

我们在人生的画幅中，有时严肃，有时轻松，有时难产，有时快速，也有的时候完全活在有意与无意之间，但不管背后的动机是什么，落笔时最好有饱满的色彩、明确的构图、有力的线条、理想的风格。

我在乎的不是怎么去画，我在乎的是画出了什么。就像沧浪之水，可以洗脸，也可以洗脚，可以饮用，也可以冲洗污秽，但水只是水，在尽着宇宙一滴的责任。

3

最近，西班牙巴塞罗那正在举行奥林匹克运动会。我住在旗山的乡间，夜里常看日本卫星转播，妈妈看我时常看到半夜，就问我说：

“那跑跑跳跳的，有什么好看呢?”

是呀，那跑跑跳跳的，只在0.01秒和0.01分上争胜负，到底有什么意思呢?

可是我常常看得十分感动，因为那些了不起的运动员都表现了伟大的意志力、深刻的禅定力、广大的智慧力。一个杰出的运动员事实上应该是戒、定、慧兼具的。

戒——他们必须长期维持生活的规范，接受严格的训练，牺牲许多个人的享受。

定——他们必须临危不乱，有如泰山崩于前而色不变，只要定力稍有不足，一闪神，多年的苦练就付之一炬。

慧——除了四肢发达之外，智慧也必须发达，杰出的运动员都要有杰出的头脑，否则不能决胜于瞬间。

看到那些杰出的运动员，我不禁感到惭愧。我们时常在口里宣讲着戒、定、慧三学，但有多少人在实际的生活中能有严格的规范?在生命的挑战中能临危不乱?在智慧的判断中能决胜于瞬间?

确实，在人生的历程中如果要迈向更高峰，不论任何行业、任何角色的人都更需要戒、定、慧呀!

另外，像运动场上的世界纪录，年年都有人打破，证明了人的潜能是无限的。肉体的开发都能不断创造佳绩，如果人愿意在精神和性灵上挖掘，不也能走向无限的巅峰吗？

在长远的历史和宇宙中，人小得像一滴水，但一滴水里也有海洋无限的消息。

在 0.01 秒的突破中，我们增加了对人生的信心，并加强了奋斗的勇气。

4

这一册集子是我结束了“菩提系列”十书之后的再出发，是以更自由的心来思维生命的路向，也是一个新风格的开始。

从万古的长夜看来，作为一个人短暂的生命，犹如在大海浮沉，小得像是一滴水一样，但是一滴水的本质与整个海洋是没有分别的。一个人如果能在这一期的生命中，对清净的本质有所认识，整个海洋的本质就呈显了。

我的文章有如滴水汇集，希望在暑热中带来凉意，就像奥运的马拉松选手，在沿路的供水站，拿起一片柠檬含在口中，以些微的清水倒在头上，然后继续向前奔跑。

让我们以清澈之姿，一起向海洋奔流，只要常保一片清澈的心，相信有一天一定能流到清净的大海洋！

林清玄

台北永吉路客寓

卷一 滴水之心

忙乱的生活如此燥热

烦恼的生命如此焦渴

缺少一杯法雨甘露

生命的长途就更郁闷难耐了

黄玫瑰的心

当我们有大觉的心，甚至体贴一朵黄玫瑰，以心印心，心心相印，我们就会知道，原来在最近最平凡的一切里，就有最深、最奇绝的智慧！

因为这绝望的爱情，我已经过了很长一段沮丧、疲倦，像行尸走肉一样的日子。

昨夜采访矿坑灾变回来，因疼惜生命的脆弱与无助，坐在床上不能入睡。清晨，当第一道阳光照入，我决定为那已经奄奄一息的爱情做最后的努力。我想，第一件该做的事是到我常去的花店买一束玫瑰花，要鹅黄色的，因为我的女朋友最喜欢黄色的玫瑰。

剃好胡子，勉强拍拍自己的胸膛说："振作起来！"

想想昨天在矿坑灾变后那些沉默、哀伤，但坚强的面孔，我出门了。

我往市场的花店前去，想到在一起五年的女朋友，竟为了一个其貌不扬的，既没有情趣又没有才气的人而离开，而我又为这样的女人去买玫瑰花，既心痛又心碎，既生气又悲哀得想流泪。

到了花店，一桶桶美艳的、生气昂扬的花正迎着朝阳开放。我找了半天，才找到放黄玫瑰的桶子，只剩下九朵，每一朵都垂头丧气的。

“真衰！人在倒霉的时候，想买的花都垂头丧气的。”我在心里咒骂。“老板！”我粗声地问，“还有没有黄玫瑰？”

老先生从屋里走出来，和气地说：“没有了，只剩下你看见的那几朵啦！”

“这黄玫瑰头都垂下来了，我怎么买？”

“哦，这个容易，你去市场里逛逛，半个小时后回来，我保证给你一束新鲜的、有精神的黄玫瑰。”老板赔着笑，很有信心地说。

“好吧。”我心里虽然不信，但想到说不定他要向别的花店去调，也就转进市场去逛了。

心情沮丧时看见的市场简直是尸横遍野，那些被分解的动物尸体，使我更深刻地感受到这是一个悲苦的世界。小贩的刀俎的声音，使我的心更烦乱。好不容易在市场里熬了半个小时，再转回花店时，老板已把一束元气淋漓的黄玫瑰用紫色的丝带包好了，放在玻璃柜上。

我简直不敢相信自己的眼睛，说：“这就是刚刚那一些黄玫瑰吗?”——它们垂头丧气的样子还映在我的眼前!

“是呀！就是刚刚那些黄玫瑰。”老板还是笑嘻嘻地说。

“你是怎么做到的？刚刚明明已经谢了呀!”我听到自己发出惊奇的声音。

花店老板说：“这非常简单。刚刚这些玫瑰不是凋谢，只是缺水，我把它们整株泡在水里，才二十分钟，它们全又挺起胸膛了。”

“缺水？你不是把它们插在水桶里吗？怎么可能缺水呢?”

“少年仔，玫瑰花整株都要水呀！泡在水桶里的是它的根茎，它喝水就好像人吃饭一样。人不能光吃饭，人要用脑筋，要有思想、有智慧，才能活得抬头挺胸。玫瑰花的花朵也需要水。在田野里，它们有雨水、露水，但是剪下来后就很少人注意这一点了，很少有人再给花的头浇水。如果它的头垂下来，只要把整株泡在水里，很快就恢复精神了。”

我听了非常感动，怔在当场：呀！原来人要活得抬头挺胸，需要更多的智慧，要常把干枯的头脑泡在冷静的智慧之水里。

当我告辞的时候，老板拍拍我的肩膀说："少年仔！卡振作咧！"

这句话差点使我流泪走回家，原来他早就看清我是一朵即将枯萎的黄玫瑰。

回到家，我放了一缸水，把自己整个人浸在水里，体会着一朵黄玫瑰的心，起来后通身舒泰，我决定不把那束玫瑰送给离去的女友。

那一束黄玫瑰，每天都会被我整株泡一下水，花瓣一星期以后才凋落，是抬头挺胸凋谢的。

这是十几年前我写在笔记上的一件真实的事。从那一次以后，我就知道了一些买回来的花朵垂头丧气的秘密。最近找到这一段笔记，感触和当时一样深，更确实地体会到，人只要有细腻的心去体会万象万法，到处都有启发的智慧。

一朵花里，就能看到宇宙的庄严，看到美，看到不屈服的意志。

有一位花贩告诉我，几乎所有的白花都很香，愈是颜色艳丽的花愈是缺乏芬芳，他的结论是："人也是一样，愈朴素单纯的人，愈有内在的芳香。"

有一位花贩告诉我，夜来香其实白天也很香，但是很少有人闻得到，他的结论是：“因为白天人的心太浮了，闻不到夜来香的香气，如果一个人白天时心也很沉静，就会发现夜来香、桂花、七里香，连酷热的中午也是香的。”

有一位花贩告诉我，清晨买莲花一定要挑那些盛开的，结论是：“早上是莲花开放最好的时间，如果一朵莲花早上不开，可能中午和晚上都不会开了。我们看人也是一样，一个人在年轻的时候没有志气，中年或晚年是很难有志气的。”

有一位花贩告诉我，愈是昂贵的花愈容易凋谢，那是为了向买花的人说明：“要珍惜青春呀！因为青春是最名贵的花！”

有一位花贩告诉我……

让我们来体会这有情世界的一切展现吧！当我们有大觉的心，甚至体贴一朵黄玫瑰，以心印心，心心相印，我们就会知道，原来在最近最平凡的一切里，就有最深、最奇绝的智慧！

正向时刻

每天，有一些正向的时光，便有好心情走向明天；时时有正向的时刻，生命便无限美好。日日是好日，处处莲花开。

狗的享受

路过家附近的一家银行，发现门口或坐、或趴着五条狗。这五条狗原来是在市场附近的野狗，我认识的，它们本来各据一处，怎么会同时坐在银行前面呢？银行对狗的价值应该还不如路边的面摊，为什么狗不去蹲面摊，而要来蹲银行呢？我感到十分好奇。

更使我好奇的是，这五条狗的脸上都流露出非常满足的神情。于是我站在那里研究狗为什么这么满足，为什么整条街都不去，偏偏聚在银行的门口。

十分钟以后，我找到答案了，因为银行的冷气开得很强，又是自动门，进出者众，每每有人出入，里面的冷气就会一阵阵被带出。那些狗是聚在银行门口享受冷气呢！

七月，中午，台北，有冷气真享受，连狗也知道。

台北秘籍

与朋友去信义路和基隆路口新开的诚品书店看书，无意间发现一张《台北书店地图》。

地图以浅咖啡色做底，仿佛一页撕下的线装书页，非常淡雅，一张一百元。看到这张地图，我真是开心极了，台北有这么多的书店，台北还是很可爱的。

想到不久前在欧克斯家具店找到的《台北东区市街图》，我想，或者可以出版一本书，书里全是分门别类的地图，例如《咖啡店地图》《书廊地图》《名牌服饰地图》《茶艺馆地图》《花店地图》《古董店地图》《餐厅地图》，等等。

对了，或者可以有一张《特殊商店地图》。例如后火车站有一家很大的“线庄”，历史悠久，只卖各色针线的；基隆路有一家“大蒜专卖店”，只卖各种大蒜的制品；统领百货巷内有一家只卖天然茶的店，好像叫“小熊森林”；松山有一家只卖普洱茶叶的“普洱茶专卖店”……

这些地图可以让我们看出台北的好。

是不是可以邀请许多艺术家，每一位为台北绘一张这样的地图，让初到台北的人也能知道，台北有许多特色，是不逊于欧洲的。

这样一本地图，书名可以叫作“台北秘籍”，副题是“专供初到台北的武林人物在午后秘密修炼”。

呀！想了就很开心。

坐火车的莲花

逛完书店，散步回家，惊见家门口有一株玫瑰和四朵宝蓝色莲花，靠在门上，站立着。

花里夹着一张便条。

原来是一位住在中坜的朋友送的。他从中坜火车站搭车到基隆去看女朋友，看到花店，想买一朵玫瑰花送给女朋友。进了花店，看到四朵宝蓝色莲花，他便联想到我，觉得顺路到松山，先把莲花送我，再到基隆送玫瑰给女友，行程就很完美了。

他在松山下车，步行到我家，原本要放了花就走，但大厦管理员对他说：“林先生有黄昏散步的习惯，又穿拖鞋短裤，很快会回来了。”结果我去逛书店，他在门口枯等许久，一直到天黑才离去。

至于那朵要送他女朋友的玫瑰，算算时间，去基隆太晚了，于是就“附赠女友的玫瑰一朵”，他就回中坜去了。

朋友那封短笺，里面有格言似的留话：“在这个世间，只要不会伤害别人的事，想做什么，就立刻去做吧。”

我把莲花和玫瑰插在花瓶里，心想，有些朋友真像花园中的花突然绽放，时常令人惊喜，下次也要想个什么方法，让他惊喜一下，或者两三下。

条纹玛瑙

暑假到了，在国外的朋友纷纷回来过暑假。

一个朋友从美国马利兰回来，特地来看我，送了一个沉重的东西给我，说："送你一块石头，不成敬意。"

打开，是一块条纹玛瑙，大如垒球，有一公斤重，上半部纯红，下半部红、黄、白、绿条纹相间，真的是美极了。

"真是谢谢你！"我诚挚地说，企图掩藏心里的狂喜。朋友是腼腆的人，我担心没有掩饰的惊喜会吓到他，所以就刻意淡化了内心的欢喜。

朋友走了，我在书房里抱着那块条纹玛瑙，高呼万岁，不是因为它的昂贵，而是因为它的美，还有超越时空的友谊。

埔里荔枝

在埔里等候"国光"号的车北上，尚有二十分钟，我就在车站附近逛逛。

我看到一家水果行，想到埔里的特产是荔枝和甘蔗，便买了一株甘蔗、十斤荔枝，真不敢相信甘蔗和荔枝都是一斤二十五元，几天前在台北买荔枝，一斤六十元。

"国光"号上，先吃了荔枝，是子细肉肥的品种，鲜美极了。

然后吃甘蔗，脆嫩清甜，名不虚传，果然是埔里甘蔗。

回到台北，齿颊仍留着香气，四小时的车程，仿佛只是刹那。

处处莲花开

生命里有许多正向时刻，也有许多负向时刻。一个人快乐的秘诀，便是抓住正向的时刻，使它更充盈；转化负向的时刻，使它得到清洗。

有人对我们深深地微笑；乡间道上的油麻菜开花了；炎热的夏天午后突来了阵雨和凉风；一只凤蝶突然飞过窗边；在公园里偶然看见远天的彩虹；读了一本好书、听了一段动听的音乐……

每天，有一些正向的时光，便有好心情走向明天；时时有正向的时刻，生命便无限美好。日日是好日，处处莲花开。

买了半山百合

它是在预告一个春天的结束，用它的白来告白，用它的香来宣示，用它的形状来吹奏，我们在山坡地那无忧的生活也随百合的记忆流得远了。

在市场里，有个宜兰人，每隔几天来卖菜。

这个宜兰人像魔法师一样，长得滑稽而神气，他的菜篮里每次总会有几把野花，像鸡冠花、小菊花、圆仔花、大理花之类的。他告诉我，他在家附近采到什么花，就卖什么花。

他卖菜与一般菜贩无异，但卖花却有个性，不论大把小把，总是卖五十元，所以买的人有时觉得很便宜，有时觉得很贵。他不在乎，也不减价，理由是："卖菜是主业，要照一般的行情；卖花是副业，我想怎么卖就那样卖呀！爽就好！"

他卖花爱卖不卖的，加上采来的花比不上花店的花好看，有的极瘦小，有的被虫吃过，所以生意不佳，可怪的是，他宁可不卖，也不折价。有时候他的花好，我就全买了（不过才三四把），所以他常对我说："老板，你这个人阿莎力，我真甲意。"有时候花真的不好，我不买，他会兜起一把花追上来："嘿！送你啦！我这个人也阿莎力。"

久了以后，相熟了，我就叫他"阿莎力"，他颇乐，远远看到我就笑嘻嘻的，好像狄斯奈卡通《石中剑》里那个魔法师一样。

每年野姜花或百合花盛开的时候，阿莎力最开心，因为他的生意特别好。百合与野姜洁白、芬芳，都是讨人喜欢的花，又不畏虫害，即使是野生的也开得很美。那时，百合花就不只卖三四把了，他每天带来一大桶，清早就被抢光。他说，卖一桶花赚的钱胜过卖两担菜。"台北人也真是的，白菜一斤才卖二十块，又要杀价，又要讨葱，一束花五十块，也不杀价，一次买好几把，怕买不到似的。"然后他消遣我，"老板，你是台北人呀！还好你买菜不杀价，也不讨葱。"

今天路过阿莎力的摊子，看到有几束百合，比从前卖的百合瘦小，株条也不挺直，我说："阿莎力，你今天的百合怎么只有这些？"

“全卖给你好了，这是今年最后的野百合了，我把半座山的百合全摘来了。”

“半座山的百合？”

“是呀！百合的季节已经过了，我走了半个山只摘到这些，以后没有百合卖了。”

“半座山的百合，那剩下的半座山呢？”

“剩下的半座山是悬崖呀，老板！”阿莎力苦笑着说。

想到这是今年最后的百合，我就把他所有的百合全买下来，总共才花了三百元。回家的路上，我想，三百元就买下半座山的百合，十分不可思议。

我把百合插在花瓶里，晚上的时候，一个人静静地看那纯白的盛放的花朵。百合的喇叭形状仿佛在吹奏音乐一样，野百合的芳香最盛，特别是夜里心情沉静的时候，香气随着音乐在屋里流淌。

在山里的花，我最喜欢的就是百合了。从前家住山上，有四种花是遍地蔓生的，除了百合，还有野姜花、月桃花、牵牛花。野姜花的香气太艳，月桃花没有香气，牵牛花则朝开暮谢，过于软弱，只有百合是色香俱足，而且在大风的野地里也不会被摧折，花期又长。

从前的乡下人不时兴插花，因为光是吃饱都艰难，谁会想到插一瓶花呢？但不插花不表示不爱花，每当野花盛开的时节，我们时常跑到山坡上去寻找野花的踪迹。有些山坡开满了百合花，我们就会躺在百合花的白与白之间，山风使整个田园都有着清凉的香气，感觉我们的心也像百合一般白了，并用白喇叭吹奏着高扬的音乐。然后想到“山上的百合也不纺纱，也不织布，但所罗门王皇冠上的宝石也比不上它”的句子，我们就不禁有陶醉之感了。

近年来，野百合好像也很少了，可能是山坡地被开发的缘故。只有几次到东部去，我在东澳、南澳、兰屿见到野百合遍地开的情景。自从流行插花，百合花就可以卖钱，野生的百合在未开之前便被齐根剪断，带到市场来卖。

瓶插在屋里的野百合花，虽然也像在坡地一样美、一样香，感受却大有不同了。屋里的百合再怎么美，也没有野地风中那样的昂扬，失去了那种生气盎然的姿势，好像……好像开得没有那么“阿莎力”了。

进口种植的百合花有各种颜色，黄的、红的、橙的，香气甚至比野生的更胜，但可能是童年印象的缘故，我总觉得百合花都应该是白色的，花形则最好是瘦瘦的、长长的。可是那土生土长的、有灵醒之白的百合，恐怕得要到另外半山的悬崖峭壁去看了。

今年的野百合花期已过，剩下的都是温室种植的百合了，这样一想，眼前这一盆百合使我生起一种深切的感怀。它是在预告一个春天的结束，用它的白来告白，用它的香来宣示，用它的形状来吹奏，我们在山坡地那无忧的生活也随百合的记忆流得远了。

夜里，坐在百合花前。香气弥漫，在屋里随风流转。想到半山的百合花都在我的屋子里，虽然开心，内心里还是有一种幽微的疼惜。

呀，不管怎么样，野百合还是开在山里好，野百合，还是开在山里的，好呀！

一滴水到海洋

假若说，人心的价值是一滴水，万物存在的价值是一片广大的海洋，那么唯有发现心里一滴水的人，才能体会海洋也是一滴水的汇集与映现。

一位弟子追随一位得道的师父。过了几天，他去请教师父："什么是人生的价值？"师父总是不告诉他，他愈发显得着急，一再地去求教。

有一天，师父被缠不过了，从房子里拿出一块石头，那石头看起来很大，也很美，师父说："你带这块石头到卖蔬菜的市场去卖，但是不要真的卖出去，只要试着卖，看看蔬菜市场的人可以出什么样的价钱。"

那个弟子真的带着石头到蔬菜市场去试卖。很多人围过来看，有的说："这么美的石头可以给孩子玩。"有的说："这么大的石头当秤锤刚刚好。"于是人们纷纷给石头出价，从两元到十元不等。

弟子带着石头回来见师父，说：“在蔬菜市场，这个石头只能卖到十元的价钱。”

师父又说：“现在你把这石头拿到黄金的市场去卖，但是不要真的卖出去，看看黄金市场的人可以出什么样的价钱。”

弟子照着吩咐去做了。当他从黄金市场回来的时候，很高兴地向师父报告：“在黄金市场，他们出的价钱很好，这石头可以卖到一千元。”

师父又说：“现在，你把这石头拿到珠宝店去，还是不要卖出去，只要看看珠宝店的人可以出到什么样的价钱。”

弟子拿石头到珠宝店去卖时，他简直无法相信，因为第一个人就出价五千元，由于他不卖，珠宝店的人竟一直加价，最后加到几十万元。

弟子还是不肯卖，最后珠宝店的人说：“只要你肯卖，任你开个价吧！”

弟子说：“我只是奉师父之命来试这个石头的价钱，不管出多高的价，我的石头都是不卖的。”弟子离开珠宝店的时候，他心想，黄金市场和珠宝店的人简直是疯狂，因为在他看来，一块石头能卖十元就够好了。

他回来向师父报告在珠宝店得到的开价，师父说：“一块石头的价值，是由了解的深浅而定的。如果一个人没有够好的眼睛，所有的石头，价值都不会超过十元，正像你在蔬菜市场遇到的那些人。你每天追着我问人生的价值，可是你的眼睛只停在蔬菜市场的层次，我给你一个钻石，你也会以为只值十元。如果你成为珠宝商，认识真正的宝石，我给你的宝石才会成为无价。现在，你先不要向我要人生的宝石，先使你自己拥有珠宝商的眼睛，那时候你来找我，我就会教你人生的价值。”

这是苏菲修行者的故事，它有两个重要的寓意：

一是想要追求人生更高的奥秘，一定要在心灵上有所准备，要养成慧眼，这样才能承受真正的“道的宝石”，如果没有慧眼，最好的钻石摆在眼前也与石头无异。

二是万事万物并没有绝对的价值，而是缘于了解的深浅而显示价值的高低，唯有心灵的提升才能坚持出一种绝对的价值。有绝对价值的人，吃饭喝茶中都有深奥的境界，因为人生的奥义并不在那相对与分别的世界，而在绝对的性灵中。

不久前，我去参观一个奇石的展览，就想到苏菲的这个故事，那所谓的奇石全不加人工的雕琢，而是捡拾自深山、溪流、海边，个个都有奇特的风姿。它们的定价从数千到数十万都有，如果不是收藏奇石的那个圈子里的人，很难理解为什么一块石头可以卖到几十万。但是听说有很多是非卖品，即使那个圈子里的人愿意花几十万买石头也买不到呀！

那些原在深山、海岸、溪畔的奇石，普通人根本就懒得去捡，所以发现而捡拾的人就可以说是慧眼独具了，他们的慧眼则是在对石头的爱与了解中产生的。当然也有人为了卖钱而捡石头，有一位奇石收藏家就告诉我："为了卖钱而捡石头的人，往往捡不到最好的石头。"

但是，不管是为爱而捡或为钱而捡，不管有什么样的定价，不管是在深山或在艺术馆的架上，一块石头的本质是不会改变的，在改变与波动着的只是我们的眼睛，我们的心。

石头存在的本身就饱含了价值，不因慧眼或俗眼而改变。其实，万物的本身都有不可替代、无法定价、深刻无比的价值，此所以"森罗万象许峥嵘"，此所以"翠竹皆是法身，黄花无非般若"，此所以"溪声尽是广长舌，山色岂非清净身"……

保持内心如宝石一样的质量，比起为宝石定各种价钱要高明得多了。

从前，牛顿在苹果树下，被一个苹果打中而发现地心引力。这是多么伟大的发现，但是如果没有那个适时落下的苹果，可能要晚几百年才会被发现。所以，也许市场里一个苹果卖十块钱，可是一个苹果也可以是地心引力的引信，也可以是无价的。

有一个这样的笑话——

一个孩子读了牛顿发现地心引力的故事，就跑去坐在苹果树下，想自己说不定也可以发现什么大的道理。他坐在苹果树下胡思乱想，为什么苹果树这么高大，却长出这么小的苹果，而大西瓜却相反，长在小小的西瓜藤上？

小苹果长在大树上，大西瓜却长在小小的藤上，这里面一定有什么伟大的道理吧？

正在苦思的时候，一个苹果“啪”一声落在他的头上，他突然欣喜若狂地发现了：“还好是一个苹果，如果是大西瓜落下来，我还会有头在吗？原来大西瓜长在地上是有道理的，至少落下的时候不会有人受伤。苹果长在大树上是很好的，西瓜长在地上也是很好的，万物的存在都有它的道理。”

事物的价值源自于人心的价值，如果心的价值不被发现与确立，事物的价值也就得不到确立了。有一个朋友千里迢迢带回来大陆寺庙改建时拆下的砖送我，说是唐朝的砖。我左看右看，端详这块朋友口中“伟大而有历史的砖”，却总是看不出它的殊异之处。我想，如果把这块砖放在忠孝东路人群最多的地方，也不会有人捡拾，或者第二天就被清道夫丢进垃圾车里。这块毫不起眼、重达五公斤的砖块，以锦盒包装，被抱在怀中，飞山越海，到我的手上，只是因为在我们的心里先确立了，才会发现它的价值呀！

当一个人的心没有价值观与质量感时，当一个人的心只有垃圾时，所看见的世界也无非是垃圾！

在现代社会，真实的价值之所以被隐没，就是人心被隐没的结果。

假若说，人心的价值是一滴水，万物存在的价值是一片广大的海洋，那么唯有发现心里一滴水的人，才能体会海洋也是一滴水的汇集与映现。轻视一滴水，就是轻视整个海洋，而能品味一滴水，也就能品尝海洋的真味了。

达摩茶杯

见地是为了提升境界，前者实践是为了印证境界，前者是未登山顶而知道山顶有好风光，后者是一步一步地登山，一定要爬上山顶的时候，才能同时汇流，豁然贯通！

在日本买了一个枣红色的杯子，外面的釉彩是绿色、蓝色与黄色绘成的达摩祖师像。日本的达摩造形比较不像印度人，而像一个没有种族特征的孩子，圆墩墩的，带着无邪的笑意。

我不仅在茶杯上看见这样的达摩，也在灯笼上看过，在酒壶酒杯上看过，甚至在不倒翁、玩偶和面具上看过。

达摩祖师几乎已经成为日本人的图腾，甚至彻底日本化了。日本人大概是最崇拜达摩的民族了，在达摩的出生地印度，早已没有人知道达摩这一号人物。在达摩后半生游化的中国，虽然也敬仰达摩，但也没有到无所不在的地步。

我曾在台北的中山北路艺品店看过许多达摩的画像，也曾在苗栗的三义乡看过许多达摩的雕刻，大陆的石湾陶也有许多达摩作品。初始，我以为中国人总算没有忘了达摩，后来才知道，那些作品绝大部分是为日本观光客做的。

不止达摩，像以寒山、拾得为画像的“和合二仙”在日本也很流行。像布袋和尚，我们把他当成弥勒佛，在日本他却是七福神，是民间祭祀的对象。

在日本，达摩祖师如此风行，在中国，为什么反而日渐被漠视呢？我们在禅风大起的时代，要如何来看待达摩祖师呢？

读过日本茶道书籍的人，都知道日本茶道开宗明义的第一章便与达摩祖师有关。传说菩提达摩在少林寺面壁九年期间，因为追求无上觉悟心切，夜里不倒单，也不合眼。由于过度疲劳，眼皮沉重得撑不开，最后他毅然把眼皮撕下来，丢在地上。就在达摩丢弃眼皮的地方，长出叶子翠绿的矮树丛（树叶就像眼睛的形状，两边的锯齿像睫毛）。那些在达摩座下寻求开悟的徒弟，也面临眼皮撑不开的情况，有的徒弟就摘下一片又绿又亮的叶子咀嚼，顿时精神百倍。于是，人们就把“达摩的眼皮”采下来咀嚼或泡水，产生一种奇妙的灵药，使他们可以更容易保持觉醒状态——这就是茶的来源。

这个传说之所以在日本流行，首先是因为日本人的武士道性格决然，他们曾以“想睡觉了就把眼皮撕下来”为手段来达成目的。可是中国的祖师是反对“吃时不肯吃，百般需索；睡时不肯睡，千般计较”的，主张“吃饭时吃饭，睡觉时睡觉”比较合乎禅的精神。

其次，日本人认为达摩面壁九年，是在寻求无上正觉。从史实来看，达摩来中国时已经正觉，他是来寻找“一个不受人惑的人”，也就是来度化有缘人的。少林寺的九年面壁，只不过是期待合适的弟子予以教化罢了。

因于“达摩的眼皮”的传说，把达摩的像绘在茶壶、茶杯上，给了我们一个觉醒的启示：喝茶不只在解除口舌上的热渴，也要有一个觉醒的心来解除人生烦恼的热渴。

达摩被我们视为“禅宗初祖”，他的名声虽大，他的思想却很少人知道。根据学者的研究考证，达摩真正的思想所在，应该最接近后世流传的“二入四行论”。

“二入”是从两种方法进入禅悟：一是“理入”，就是要勤于教理地思考，认识教理，解除生命的盲点，然后才能舍伪归真；二是“行入”，就是以生命来实践，以佛的教义实际地履行，除去爱憎情欲，以进入禅法。

这就是“不受人惑”的入门呀！

以达摩祖师之教化，后世禅宗分为“贵见地不贵行履”和“贵行履不贵见地”，实际上都有违祖师教化，走入极端了。

见地是为了提升境界，实践是为了印证境界，前者是未登山顶而知道山顶有好风光，后者是一步一步地登山，一定要爬上山顶的时候，才能同时汇流，豁然贯通！

“四行”是体验修证佛道的四种具体的行法，即“报冤行”“随缘行”“无所求行”“称法行”。

“报冤行”是指我们所遇到的一切苦难，都是从前恶缘汇集的结果，故当无所埋怨地承受。“随缘行”是指我们所遇到的一切喜庆成就，乃是从前善缘的成果，故应无所执着骄满。

“无所求行”是指世人由于有所贪求，才会迷惑不安，如果能无所求，就能无所愿乐、万有皆空、安心无为、顺道而行了。“称法行”，是明白本性清净才是究竟的法，所以在世间一切法上，无染无着、无此无彼，虽然自利利他，也能安住于空法。

达摩祖师的“二入四行论”可以说是禅宗根本的理趣所在，如果能从此进入，就可以安心于道了。达摩祖师曾对两位弟子慧可、道育说过一段重要的话：

“令如是安心，如是发行，如是顺物，如是方便，此是大乘安心之法，令无错谬。如是安心者壁观，如是发行者四行，如是顺物者防护讥嫌，如是方便者遣其不着。”

达摩祖师的“二入四行”，简单地说，禅的修行是从“有意”超入“无心”。“无心”即是本性清净的意思，在本性清净的大原则下，一个人有多少执着，就含有多少束缚，减少束缚的方法，就是去化解执着——在见地上化解，在实践中化解，在行止里化解，到了解无可解、化无可化之境，心也就清净了。

一切生活中的事物，不都可用“二入四行”来给予直观吗？即使微细如喝茶这样的小事，在直观中，也能使我们身心提升到清净之处呀！

我喜欢日本茶道的四个最高境界，叫作“和敬清寂”，“和”是“心存平和”，“敬”是“心存感恩”，“清”是“内在坦荡”，“寂”是“烦恼平息”。

“和”是“报冤行”，即使是生命中最大的困顿，也能与之处于和谐的状态。

“敬”是“随缘行”，感恩那些使我能随顺生活的事物和人，对它们有崇仰之想。

“清”是“无所求行”，是内心永远晴空万里，有亮丽的阳光，无所贪求和企图。

“寂”是“称法行”，是止息一切波动，安住于平静。

“和敬清寂”不是呆板的，而是活泼的，就像火炉里的木炭经过热烈的燃烧，保留了火的热暖，而不再有火的形貌。人在烦恼烈焰之中亦如是——燃烧过后，和合相敬，清朗静寂，但不失去智慧的光芒与慈悲的温暖。

我在用绘有达摩祖师的茶杯喝茶的时候，时常想起他的一首偈：

亦不观恶而生嫌，

亦不观善而勤措，

亦不舍智而近愚，

亦不抛迷而求悟。

我把它试着译成白话为：不必看到坏的人事就生起嫌恶的心，不必看到好的事功就生起企图的心，不必舍弃智慧而去靠近愚痴的景况，也不必抛弃散乱的生活去追求悟的境界！

也就是说，如果手里有一杯茶，就好好地来喝一杯吧！品味手上的这一杯，不必管它是乌龙，还是铁观音，也不必管它是怎么来到我手上的。如果遇见人生的情境，不必管它是好是坏，不必管它怎么独独落在我的头上，坦然地饮下这一杯苦汁或乐水吧！

如果手上还没有茶，那么来煮一壶水，把水烧开了，抓一把茶叶，准备喝一杯吧！忙乱的生活如此燥热，没有清凉的茶无以消火解渴；烦恼的生命如此焦渴，缺少一杯法雨甘露，生命的长途就更郁闷难耐了。

我手上的达摩茶杯，很愿意借给有缘的人！

去做人间雨

在美丽的月色下，供养而使心性谦和，修行提升心灵清净，都是非常好的，可是好好地赏月，不发一语，则使人超然于物象之外，心性自然谦和，心灵也在无心中明净了。

有一天晚上，马祖道一禅师带着百丈怀海、西堂智藏、南泉普愿三个得意弟子去赏月，马祖说："这样美的月色，做什么最好？"

西堂智藏说："正好供养。"

百丈怀海说："最好修行。"

南泉普愿一句话也没说，拂袖便去。

马祖说："经入藏，禅归海，唯有普愿独超然于物外。"（智藏对经典可以深入，怀海会在禅法有成就，只有普愿独自超然于物外。）

我很喜欢这个禅宗的故事。在美丽的月色下，供养而使心性谦和，修行提升心灵清净，都是非常好的，可是好好地赏月，不发一语，则使人超然于物象之外，心性自然谦和，心灵也在无心中明净了。

天上固然有明月皎然，心里何尝没有月光的温柔呢？这就是寒山子说“吾心似秋月，碧潭清皎洁”的原因，也是禅师以手指月，指的并不只是天上之月，也是心里的秋月。心思短促的人，看见的是指月的手指；心思朗然的人，越过了手指而看见天边的明月；心思无碍的人，则不仅见月见指，心里的光明也就遍照了。

僧肇大师曾写过一首动人的诗偈：

旋岚偃岳而常静，江河竞注而不流。

野马飘鼓而不动，日月历天而不周。

个人的心如果能常静、不流、不动、不周，就可以观照到，虽然外在世界迁流不息，却有它不迁流的一面。一个人如果心中有明月，就知道月亮虽有阴晴圆缺，其实月的本身是没有变化的。

更高远的心灵的道之追求，是要使我们能像天上的云一样自由无住，无心出岫，长空不碍。但是当我们化成一朵云的时候，是不是也会俯视人间的现实呢？

现实的人间会有一些污泥、一些考验、一些残缺、一些苦痛、一些不堪忍受的事物，此所以把现实人间称为“滚滚红尘”。“滚滚”有两层意思，一是像灰沙走石，遮掩了人的清明眼目，二是像柴火炽烈，燃烧着我们脆弱的生命。每一次，当我想到作家三毛的最后一部作品叫《滚滚红尘》，写完后她就投环自尽，我就思及红尘里的灰沙与柴火，真是不堪忍受的。

灰沙与柴火都还是小的，真实的“滚滚”有如汪洋中的波涛，人则渺茫像浪里的浮沫。道元禅师说：“是鸳鸯呢，还是海鸥？我看不清楚，它们都在波浪间浮沉。”不管是美丽如鸳鸯，或善翔像海鸥，都不能飞出浮沉的波浪，人何能独独站立于波涛之外呢？

云，很美，很好，很优雅，很超然，但云在世间也不是独立的存在。它可能是人间的烟尘所凝结，它一遇到冷锋，也可能随即融为尘世的泪水。

因此，道的追求不是独存于世间之外的，悟道者当然也不是非人，只不过是他体会了更高的心灵视界罢了。这更高的心灵，使他不能坐视悲苦的人间，也使他不离于有情。这是一种纯净的诗情，王维有一首《文杏馆》很能表达这种诗情：

文杏裁为梁，香茅结为宇。

不知栋里云，去作人间雨。

迈向诗心与道情的人，以高洁的文杏做成梁柱，以芳香的茅草盖成屋宇，且虽然居住于自然与美之中，心里却有问世的意念。想到在栋梁间飘忽的白云，不知道是不是也和自己一样，要去化作造福人间的雨呢？

要去化雨的白云，是体知了燥热的人间需要滋润与清凉的雨；要去问世的高士，虽住于杏树香草做成的房屋，已无名利之念，但想到滚滚红尘，心有不忍。

道心与诗心因此都不离开有情，不是不能离开，而是不愿离开，试想蓝天里如果没有朝云与晚霞，该是多么寂寞。

智者，只是清明；觉者，只是超越；大悲者，只是广大。他们并不是用皮肉另塑一个自我，而是以活生生的血肉作人的圆满、作心的清明、作环境里的灯火。

《临济录》里讲到，临济义玄禅师开悟以后，时常在寺院后面栽植松树，他的师父黄檗希运问他说：“深山里已经有这么多树了，你为什么还要种树呢？”临济说：“一是为了寺院的景色，二是为后人树标榜。”所以他的师兄睦州对师父说：“临济将来经过锻炼，定能成一棵大树，与天下人作阴凉。”

不论多么大的树，都是来自一颗小小的种子，来自一尖细细的芽苗。长成大树的人不该忘记天下人都是大树的种子与芽苗，因此誓愿以阴凉的树荫，来使天下人得以安和地生活。

出世的修行，是多么令人向往呀！但是“微风吹幽松，近听声愈好”，如果没有化作人间雨的立志，那么就会像一朵云，飘向不可知的远方了。

墨趣

大地原是纸砚，因缘的变迁则是笔墨，就在我们行住坐卧的地方，便有墨趣。宇宙万有的墨趣，正是禅的表现；寻常生活的墨趣，则是禅的象征。

在日本，朋友带我去参观一个书道教室，他们正在办展览，教室的四周挂满了书法，是用汉字写的，每一幅书法的尺寸都一样，长三尺，宽一尺半。更有趣的是，所有展出的书法都只有两个字，就是“墨趣”。但字体的差异极大，有大有小，有竖有横，而且正、隶、行、草，无所不包。

那些书法字体虽无所不包，而且我也知道全是学生的作品，但从字面上看来，我却仿佛看到每一幅字都是用尽全力似的。我们中国人形容书法之美，常用“力透纸背”“铁画银钩”“龙飞凤舞”，这些毛笔字全合于这几个形容词，可以看出都是练书法有一段时间之后的作品。

主持的人向我们介绍，这一次的展览全是同一次上课的成果，他们规定学生在一小时中只写“墨趣”两个字，除了纸张的尺寸之外，其余的完全自由，但是每个人只有一张纸，写坏了不准涂改，人人只有一次机会。

为什么做这样的规定呢?

主持人说：“那是为了让学生了解思考和专注对于写字的重要。一小时写十个字是容易的，但一小时只写两个字就难了。通常学生会坐在纸前思考很久，落笔时就非常专心，往往能写出比平常时候境界更好的作品。”

事前并未对学生说明要展览的事，事后把所有的作品展览出来，学生便可以互相观摩，看看写同样的两个字，别人用什么态度和心情来写，并且可以从字的安排看见字体与空间的关联性。

“空间是非常重要的，一个人在写字时了解到空间之美，在生活上就很容易从各层次了解到空间的美了。”主持人对我们说。

当我知道在这个书道教室中学书法的学生大部分是中年人时，我更感到吃惊。他们利用空闲时间来练书法，不只是要把字练好而已，而且确信书道有静心的作用。所以一般日本的书道教室不仅教写字，也教静心。每次把文房工具铺在矮桌子上，学生先对着白纸静心一段时间，才开始写字。

“心静则字好。”那位白发苍苍的书道教室主人严肃地说，经过翻译，听起来就像格言一样。

据老先生说，他们也时常做别种形式的教学。例如让学生不经过静心就开始练字，使学生了解静心对于书道的重要，或者让学生在一小时里写一百字，用以和一小时写两字作比较，使学生了解专注思考的重要性。

“一直到学生体会到‘静心’与‘专注’的重要时，他才可以正确地了解到‘空’并不是一无所有，我们写的是‘书’，而介于字与字间的空才是‘道’。”

从书道教室出来，我的心中颇有感怀。书法原是中国的产物，可是在我国正逐渐没落，甚至连小学的书法课都要取消，在日本竟然还如此兴盛，那是由于日本人把普通的写毛笔字和“道”相结合，并使其有了一个深远的思想与艺术的内涵。

我想到多年以前，与画家欧豪年一起到东京去。欧先生由于写得一手好字，大受日本人崇敬，许多人为了请他在书上题字，甚至排队买他定价上万元的画册。

欧豪年先生告诉我，多年来，他写字、画画的工具全是购自东京银座的“鸠居堂”，不用台湾生产的纸笔墨砚，因为我们在纸、笔、墨的制造上实在远逊于日本。我曾与欧先生同赴鸠居堂，那是一幢专卖书画用具的大楼，有选自世界各地的笔、墨、纸、砚，看得人眼花缭乱。我感叹，日本在短短数十年间，成为世界经济与文化的大国，不是没有原因的。

在全世界地价最昂贵的银座，有专卖笔墨的百货公司，也可见书道之盛。

日本禅学大师铃木大拙曾指出：所有的日本艺术和日本文化最显著的特色，全是来自禅道的基本认识，而且禅道所把握的从内而外展现生命与艺术的能力，正是东方人气质中最特殊的东西。

我十分羡慕日本人在接到中国禅宗的棒子之后，把禅无所不在地融入生活与艺术之中。像建筑、园艺、戏剧、绘画、书法，乃至诗歌、饮茶、武艺等，到处都是禅的影子，我们甚至可以说日本的美学就是“禅的美学”。

在生活里也是一样，日本人似乎不论贫富，都十分注重生活与空间的细节，即使在深山的民居，也都是一丝不苟、纤尘不染，颇有禅宗那种纯粹的、孤寂的味道。

我想可以这样说，日本禅虽传自中国，主体是中国禅的承袭，但他们在“用”的方面做得淋漓尽致，这一点，实在是令人自叹弗如的。

从日本回来后，我每次面对棉纸的时候，就会想，“一小时写两个字”和“一小时写一百个字”是大有不同的，这就好像是人生的过程，散步与快跑也是大有不同的，不过，舒缓一些、专注一些、轻松一些，总是对人的身心比较有益。

我认为，“静心”与“思考”不只对于书道有用，人也应该使“静心”与“思考”成为本分，成为生活的一部分。接待每一刻的时间就好像接待每一位远来的贵宾，要静定心神、清除杂念，把最好、最纯净、最优美的心情拿出来款待名叫“时间”的这位贵宾，因为它和我们相会只是一刹那，它立刻就要远行，并且永远不会回来接受第二次款待了。

若写字，有这种好心情、庆祝的心情、迎接贵宾的心情，那么每一个字都会有“道”的展现，每一个字都有人格的芳香。

一个字，就足以显示个人生命与万有空间的庄严。

一朵花，就足以显示整个春天的美丽。

一角日光，就足以显示宇宙的温暖与辉煌。

一片落叶，就足以显示秋天飞舞着的萧瑟。

一瓣白雪，就足以显示冬季的一切信息呀！

大地原是纸砚，因缘的变迁则是笔墨，就在我们行住坐卧的地方，便有墨趣。宇宙万有的墨趣，正是禅的表现；寻常生活的墨趣，则是禅的象征。

在每一个静心的地方、思维的地方、专注的地方、观照的地方，禅意正在彼处。

人人关于生命的纸都一样，长三尺，宽一尺半，只有一张纸，只有一次机会，写坏了不准涂改，所以我们应该坐下来想一想，再来着墨呀！

我似昔人，不是昔人

由于流逝的岁月，似我非我，未来的日子，也似我非我，只有善待每一个今朝，尽其在我地珍惜每一个因缘，并且深化、转化、净化自己的生命。

憨山大师有一年冬天读《肇论》，对里面僧肇大师谈到的“旋岚偃岳而常静，江河竞注而不流”感到十分疑惑，心思惘然。

又读到书里的一段——有一位梵志，从幼年出家一直到白发苍苍才回到家乡，邻居问梵志说：“昔人犹在耶?”梵志说：“吾似昔人，非昔人也。”憨山豁然了悟，说：“信乎！诸法本无去来也！”

然后，他走下禅床礼佛，悟到无起动之相，揭开竹帘，站立在台阶上，忽然看到大风吹动庭院里的树，飞叶满空，却了无动相，他感慨地说：“这就是‘旋岚偃岳而常静’呀！”他又看到河中流水，了无流相，说：“此‘江河竞注而不流’呀！”

于是，“去来生死”的疑惑，从这时候起完全像冰雪融化一样，他随手作了一首偈：

死生昼夜，水流花谢。

今日乃知，鼻孔向下。

我每一次想到憨山大师传记里的这一段，都会油然地感动不已，它似乎在冥冥中解释了时空岁月的答案。

表面上看，山上的旋岚、飘叶、飞云，是非常热闹的，但是山本身却是那么安静；河中的水奔流不停，但是河的本质并没有什么改变。人的生死，宇宙的昼夜，水的奔流，花叶的飘零，都像是这样，是自然的进程罢了。

这就是为什么梵志白发回乡，对邻居说："我像是从前的梵志，却已经不是以前的梵志了。"

岁月在我们的身上毫不留情地写下刻痕。每一次揽镜自照的时候，我们都会慨然发现，我们的脸容苍老了，我们的白发增生了，我们的身材改变了，于是，不免要自问："这是我吗？"

是呀，这就是从前那个才华洋溢、青春飞扬、对人世与未来充满热切追求的我吗？

这是我，因为每一步改变的历程，我都如实地经验，我还记得自己的十岁、二十岁、三十岁，记得一步一步的变迁。

然而这也不是我，因为我的外貌、思想、语言都已经完全改变了。如果遇到三十年前的旧友，他可能完全不认得我，或许，如果我在街上遇见十岁时的自己，也会茫然地错身而过。

时空与我，在生命的历程上起着无限的变化，使我感到惘然。

那关于我的，究竟是我吗？不是我吗？

有一次返乡，在我就读过的旗山小学大礼堂演讲，我的两个母校——旗山小学、旗山中学都派了学生来献花，说我是杰出的校友。

演讲完后，遇到了我的一些小学和中学的老师，我简直不敢与他们相认，因为他们都老得不是原来的样子了。当时我就想，他们一定也有同样的感慨吧！没想到从前那个从来不穿鞋上学的毛孩子，现在已经步入中年了。

一位二十年没见的小学同学来看我，紧紧握着我的手说："二十年没见，想不到你变得这么老了！"——他讲的是实话，我们是两面镜子，他看见我的老去，我也看到了他的白发，荒谬的是，我们都确信眼前这完全改变的同学，是“昔人”，却自信自己还是从前的我。

一位小学老师说：“没想到你变得这么会演讲呢！”

我想，小时候我就很会演讲，只是国语不标准，因此永远没有机会站上讲台。不断的挫折与压抑的结果就是，我变得忧郁，每次上台说话就自卑得不得了，甚至脸红心跳说不出话来。连我自己都不能想象，二十几年之后，我每年要作一百多次大型演讲，当然，我的老师更不能想象了。

我不只是外貌彻底地改变了，性格、思想也不再是从前的自己。但是，属于童年的我，却是旋岚偃岳、江河竞注，那样清晰、充满动感。

今年过年的时候，我在家里一张被弃置多年的书桌里，找到了童年和少年时代的一些照片，黑白的，泛着岁月的黄渍。

我坐在书桌前，专注地寻索着那些早已在岁月之流中逝去的自己，瘦小、苍白，常常仰天看着远方。

那时在乡下的我们，一面在学校读书，一面帮家里的农事，对未来都有着茫然之感，只知道长大一定要到远方去奋斗，渴望有衣锦还乡的一天。

有一张照片后面，我写着：男儿立志出乡关，学业无成誓不还。那是初中三年级，后来我到台南读高中，大学考了好几次，有一段时间甚至灰心丧志，觉得天下之大，竟没有自己容身的地方。想到自己十五岁就离家了，少年迷茫，不知何往。

还有一张是高中一年级的，背后竟写着：

我是谁？

我从哪里来？

要往哪里去？

在人群里，谁认识我呢？

我看着那些照片，试图回到当时的情境，但情境已渺，不复可追。如果我不写说明，拿给不认识从前的我的朋友看，他们一定不能在人群里认出我来。

坐在地板上看那些照片，竟看到黄昏了，直到母亲跑上来说："你在干什么呢？叫好几次吃晚饭，都没听见。"我说在看从前的照片。"看从前的照片就会饱了吗？"母亲说，"快！下来吃晚饭。"

我醒过来，顺随母亲下楼吃晚饭。母亲说得对，这一顿晚饭比从前的照片重要得多。

这二十年来，我写了五十几本书。由于工作忙碌，很少回乡，哥哥姊姊竟都是在书里与我相见。

有一次，姊姊和我讨论书中的情节，说："你真的经历过这些事吗？"

"是的。"我说。

"真想不到，我的同事都问我，你写的那些是不是真的，我说我也不知道呀！因为我的弟弟十五岁就离家了。"

有时候，我出国也没有通知家里的人。那时在《中国时报》当主编，时常到国外去出差，几乎走遍了半个地球。

亲戚朋友偶尔会问：

"这写埃及的，是真的吗？"

"这写意大利的，是真的吗？"

我的脸上并没有写过我到过的国家，我的眼里也无法映现生命中那些私密经验的历程，因此，到后来连我自己也会问自己："这些都是真的吗？”

如果是假的，为什么如此真实？

如果是真的，现在又在何处呢？

生命的经验没有一段是真的，也没有一段是假的，回想起来，真的是如梦如幻，假的又是刻骨铭心，在走过了以后，真假只是一种认定。

有时候，不肯承认自己四十岁了，但现在的辈分又使我尴尬。早就有人叫我“叔公”“舅公”“姨丈公”“姑丈公”了，一到做了“公”字辈，不认老也不行。

我是怎么突然就到了四十岁呢？

不是突然！生命的成长虽然有阶段性，每天却都是相连的。去日、今日与来日，是在喝茶、吃饭、睡觉之间流逝的。在流逝的时候并不特别警觉，但是每一个五年、十年就仿佛是特别湍急的河流，不免有所醒觉。

看着两岸的人、风景，如同无声的黑白默片，一格一格地显影、定影，终至灰白、消失。

无常之感在这时就格外惊心，缘起缘灭在沉默中，有如响雷。

生命会不会再有一个四十年呢？如果有，我能为下半段的生命奉献什么？

由于流逝的岁月，似我非我，未来的日子，也似我非我，只有善待每一个今朝，尽其在我地珍惜每一个因缘，并且深化、转化、净化自己的生命。

憨山大师觉悟到“旋岚偃岳而常静，江河竞注而不流”的时候，是二十九岁。

想来惭愧，二十九岁的时候我在报馆里当主笔，旋岚乱动，江河散流，竟完全没有过觉悟的念头。

现在懂了一点点佛法，体验了一些些无常，观照了一丝丝缘起，才知道要做一个不受人惑的人是多么艰难。幸好，选到了一双叫“菩萨道”的鞋子，对路上的荆棘、坑洞，也能坦然微笑地迈过了。

记得胡适先生在四十岁时，曾在照片上自题“做了过河卒子，只好拼命向前”。我把它改动一下——“看见彼岸消息，继续拼命向前”，作为自己四十岁的自勉。

但愿所有的朋友，也能一起前行，在生命的流逝、因缘的变迁中，都能无畏，做不受人惑的人。

分别心与平等智

人生的黑夜也没什么不好，愈是黑暗的晚上，月亮与星星就愈是美丽了。如果不是雪山的漫漫长夜，佛陀怎么会看见天边明亮的晨星呢？

番薯的见解

朋友告诉我一个真实故事，说他的两个孩子太好命了，这也不吃，那也不吃，因此，吃饭时间就成为父母的头痛时间。

朋友出生于台湾光复初期，每到用餐时间就不免唠叨："我们小时候哪有这么好命？连饭都没得吃，三餐都是番薯配菜脯。你们现在有这么多菜还不吃，真是够挑剔！"

唠叨的次数多了，小孩子都不爱听。有一天，他又在继续"念经"，大儿子就说："爸爸，番薯真的那么难吃吗？我甘愿吃番薯，也不吃这些大鱼大肉。"小女儿也说："甘愿吃菜脯！"

朋友生气了，第二天真的跑去市场，找半天才找到烤番薯，又买了一些萝卜干，晚餐就吃番薯配菜脯。

两个孩子吃了吓一跳，在爸爸嘴里吃“番薯配菜脯”是恐怖的事情，没想到吃起来却那么好吃。两人商议半天，一起对爸爸说道：“爸爸，番薯真好吃，我们以后可不可以每天吃番薯配菜脯?”

番薯本身是没有好吃或不好吃之说的，由于个人经验的不同，个人观点的差异而生起差别的心。

就在不久之前，我到阳明山的日月农庄去，看到有人卖烤番薯，每十五分钟才能开缸一次，每次一开缸，番薯立刻就卖完。我带着孩子排了四十五分钟才买到，一斤五十元，说起来真是难以置信。为什么要排那么久的队呢？因为有许多孩子什么山珍海味都不吃，只吵着要吃烤番薯。

“哇！这番薯够香够好呀！”这样的赞叹此起彼伏。

不准礼佛

星云法师在大陆当学僧的时候，发现在大陆的佛学院里，训导处每遇到学生犯错，就处罚他们去拜佛忏悔，譬如说“罚你拜佛一百零八拜”。或者处罚学生跪香——别的学生都睡觉时不准睡，要在佛前跪几炷香，悔过完了才可以就寝。

久了之后，学僧将拜佛和跪香都视为畏途，还是少年的星云法师感触很深：拜佛与跪香是何等庄严欢喜的事，怎可用来处罚学生呢?

后来，他在佛光山办丛林学院，有犯错的学生，就规定他们不准做早晚课、不准拜佛。每次别的学生在做早晚课或拜佛时，就罚他们站在大殿外看，就是不准礼佛。被罚的学生心里着急得不得了，虽然身不能拜，心也就跟着拜了。要是碰到犯错比较轻微的学生，就处罚他们提早就寝，躺在床上不可起床。学生们在床上翻来覆去睡不着，想到别人都在用功办道，心里就忏悔得不得了。

一旦不准拜佛的学生解禁，准予拜佛了，往往热爱拜佛，拜得涕泪交零；一旦不准跪香、只准睡觉的学生解禁，往往在佛菩萨面前流泪忏悔，再也不敢贪睡、贪玩了。

当星云法师的弟子告诉我这个故事时，我非常感动，这也就是星云法师之所以成为“星云大师”的原因了。

大师的诞生，原非偶然。

蟑螂与福报

在家里不杀蚊虫和蟑螂，原因是我们认识到蚊虫、蟑螂乃是“业”的呈现，不是偶然的。

但是蚊虫易于防范，只要注意纱门、纱窗就可以免于侵扰。蟑螂却不行，它们无所不在，或从花圃，或从水管里爬出来，与我们共同生活。不过，只要把它当作蝉或蝴蝶之类，也就相安无事了。

比较不好意思的是有客人来的时候，它们依然会在家里走来走去，大摇大摆，有时会吓到客人，因此每次客人来的时候，我就昭告家中蟑螂：“今天有客人，你们暂时躲一躲，等客人走了，再出来吧！”

蟑螂很通人性，经常会给我面子。

但是，偶有出状况的时候。有一次，三位西藏喇嘛来家里作客，有两只蟑螂大摇大摆地爬过桌子，我示意它们快躲起来，它们却充耳不闻。正尴尬的时候，一位喇嘛说：“林居士，你是很有福报的人呀!”

我正感到迷惑，他说：“在西藏，由于蟑螂少，家里有蟑螂是象征那一家人有福报，如果没有福报，蟑螂都懒得去呢!”

从此，我对家里的蟑螂更客气，看它们奔跑，我说：“嘿！走慢点，别摔跤了!”看到蟑螂掉在马桶里，我把它捞起来，说：“游泳的时候要小心呀!”——我总是记着：我是有福报的人，所以它们才愿意来投靠我。

有一次，家里重新刷油漆，油漆工翻箱搬柜，工作了一星期，当工作结束时，工头一面收钱，一面向我邀功说：“林先生，这一星期我至少帮你踩死一百只蟑螂。”

我听了怅然悲伤，说：“哎呀！你好残忍，我养了好几年蟑螂才养到一百多只呢！你一星期就踩死了一百只。”

工头愣在那里，很久说不出话来。

分别心

我们凡夫对世间万象总会生起分别的执着，对现前的事物产生是非、善恶、人我、大小、美丑、好坏等种种的差别观感，这种取舍分别的心正是障碍佛道修行的妄想情执，这种心也称为“执着心”、“涉境心”。

依照《摄大乘论》的说法，凡夫所起的分别，是由迷妄所产生的，与真如的理不相契合，如果要得到“真如的心”，就必须舍离凡夫的分别智，依无分别智才行。

菩萨在初地入见道的时候，缘一切法的真如，超越“能知”与“所知”的对立，才可能获得平等的无分别智，所以才说：“大道无难，唯嫌拣择。”

“分别心”的对待是“平常心”，平常心不是没有是非、善恶、人我、大小、美丑、好坏的智觉，而是以心为主体，不被是非、善恶、人我、大小、美丑、好坏所转动、所污染。

让我们再来复习一下马祖道一和南泉普愿禅师的话——

“道不用修，但莫污染。何为污染？但有生死心，造作趋向，皆是污染。若欲直会其道，平常心是道。谓平常心无造作、无是非、无取舍、无断常、无凡无圣。”

“道不属知，不属不知；知是妄觉，不知是无记。若真达不拟之道，犹如太虚廓然洞豁，岂可强是非也。”

平等智

《法华经科注》说：“平等有二：一法平等，即大慧所观中道理也；二众生平等，谓一切众生皆用因理以至于果，同得佛慧也。”

“平等”是佛教里最重要的思想，所以，佛陀经常勉励菩萨，要有平等心、平等力、平等大悲、平等大慧，然后由平等观、平等觉、平等三业证入平等性智、平等法身。

《华严经离世间品》里说菩萨有十种平等：一切众生平等、一切法平等、一切刹平等、一切深心平等、一切善根平等、一切菩萨平等、一切愿平等、一切波罗蜜平等、一切行平等、一切佛平等。——“菩萨若安住此法，则得一切诸佛无上平等之法。”

《大方等大集经》则举出众生的十种平等：众生平等、法平等、清净平等、布施平等、戒平等、忍平等、精进平等、禅平等、智平等、一切法清净平等。——“众生若具此平等，能速得入无畏之大城。”

平等，是一切众生入佛智的不二法门，“不二”，也是平等。

平等，也是一切菩萨修行、契入大悲与大智的不二法门。

无相大师

从前有一位无相大师，收了两位弟子，一位敏慧，一位愚鲁。

无相大师平常教化弟子常说："修行人最重要的就是宁做傻瓜。"

两位弟子都谨记在心。

有一天下大雨，寺庙的大殿好几处漏雨，无相大师呼唤弟子说："下大雨了，快拿东西来接雨。"

敏慧的弟子提着一个小桶冲出来，师父看了很生气："下这么大的雨，你提这么小的桶怎么接？真是傻瓜！"弟子听了很不高兴，桶一放，就跑了。

愚鲁的弟子匆忙间找不到桶子，随手取了一个竹篓冲出来，师父看了又好气又好笑，就笑着说："你真是天下第一号大傻瓜，有漏洞的竹篓怎么能接雨呢？"弟子看到无相大师笑得那么开心，又想到师父平常的教化——修行人最重要的就是宁做傻瓜，心想：现在师父说我"天下第一号大傻瓜"不是最大的赞美吗？一时心开意解，悟到应以“无漏心”来接天下的法雨，立即证入平等性，因此就开悟了。

黑夜的月亮与星星

在人生里也是这样，要有无漏的心，要有平等的心，那些被欲望葛藤所缚、追名逐利、藐视众生之辈，或者看我是傻瓜，但无所谓，因为“愚人笑我，智乃知焉”。

半杯水，可以看成半空而惋惜，也可以看成半满而感到无比庆幸。天下没有最好吃的食物，饥饿的时候，什么食物都好吃。

天下也没有最好的处境，心情好的时候，日日是好日，处处开莲花!

天下没有最能开启觉悟的情与境，有清净心，平等看待生命的每一步，打破分别的执着，那就是觉悟最好的情境。

在不能进的时候，何妨退一步看看?

在被阻碍的路上，何妨换一条路走走?

在被苦厄围困时，何妨转个心境体会体会?

天下没有永远的黑夜呀！黎明必在黑夜之后，那时就会气清景明、繁花盛开了。

人生的黑夜也没什么不好，愈是黑暗的晚上，月亮与星星就愈是美丽了。如果不是雪山的漫漫长夜，佛陀怎么会看见天边明亮的晨星呢?

好香的臭豆腐

我们不应以僵化固定的眼睛或思维来观世界。我们要有更广大的包容、更多元的心来容忍世间的异见，因为兰花虽香，是众人所爱，但海边也有逐臭之夫！

路过一家小店，看到招牌上写了几个大字——“好香的臭豆腐，好烂的大肚面线”，就像对联一样，上面还有一个横批，写着“欢迎品尝”。

我站在那个招牌前面凝视了很久，虽然我不喜吃臭豆腐和大肚面线，但仍然为这个别出心裁的招牌而感叹。

臭豆腐，顾名思义，当然是臭的，而且愈臭愈好，然而奇特的是，臭豆腐的香臭只是一种认定，嗜食其味的人，会把“臭”当作“香”，因而臭豆腐即是香豆腐。在某种情况下，臭豆腐与鸡屁股似乎是同类的东西，有时候路过街头，看人卖鸡屁股，五个一串、十个一串，也会感到大惑不解。屁股原是拉杂之所，嗜食的人却觉得其香无比，否则怎么能一次五个、十个地吃呢?

延伸其义，我们对于那些味道奇特的事物也可说是“好香的榴榴”“好香的起士”“好甜的苦茶”“好清的苦瓜“好香的辣椒”“好吃的鹿尿”（鹿尿是一种台湾食品，即腌渍蒜头，日据时代腌于鹿尿或马尿中而得名）。

“好烂的大肚面线”也是如此。烂，本来是个不好的字眼，在《吕氏春秋》里是“过熟”的意思，《淮南子》里说是“腐败”的意思，《左传》里说是“火伤”的意思。但是“灿烂”“烂漫”，也是同一个“烂”，却是象征光明之极致，说是“异色兮纵横，奇光兮烂烂”（《魏书·袁翻传》）。

“烂”用在大肚面线也是恰当不过的，想来大肚面线如果不烂，一定是不好吃的。

我对大肚面线没有什么印象，对臭豆腐则是印象深刻的，因为从前居住在木栅的时候，巷口就有一摊卖臭豆腐的小贩，也是“好香的臭豆腐”之流，由于巷口是唯一的通道，因此，我几乎是“无所遁逃于天地之间”，每日只好掩鼻而过。在路过时看到食客众多，乐享美味的时候，我感到大惑不解。

我大概是天生比较中庸的那种人，对于生命中极端的事物向来没有尝试的勇气，臭豆腐即其一端，所以天天路过，有两年之久，竟从未坐下来吃一块臭豆腐。

后来在杂志上读到臭豆腐的做法，是把硬豆腐泡在腐鱼、腐肉和烂了的高丽菜叶中发酵做成的（当然还有别的做法，不过只有这种方法才是正统的遵古法制）。再加上油炸臭豆腐的油要和臭豆腐匹配，常常是炸几个月不换油，卫生堪虑。这两点，光是想起来就恐怖至极，从此更没有勇气吃臭豆腐了。

我第一次在台北吃臭豆腐，是和新象活动中心的负责人许博允一起。许博允对食物和音乐都极有冒险犯难的精神。有一次他约我到东门临沂街上的“小白屋”吃夜宵，他叫了一盘清蒸臭豆腐，端上来的时候我大吃一惊，因为那清蒸的臭豆腐饱满得像白玉一样，米色中透着一层淡淡的绿，上面撒了香菜末，看了令人食指大动。但我想到腐鱼、腐肉的制作方法，还是不敢吃。许博允当场把老板拉来，跟我解释他们做的臭豆腐绝对干净安全，他们俩并拍胸脯保证，我才举箸吃了一些。唉唉！真是滋味不凡，风味难以形容。

从此我竟然上瘾了。那时我住在临沂街，离小白屋餐厅只有五分钟的路程，几乎平均一星期吃两三次清蒸臭豆腐，才稍稍理解了在街上吃臭豆腐者的心情。

这世界的香臭美丑并没有一定的道理呀！天下之至臭不是臭豆腐，在《吕氏春秋·遇合》里说：“人有大臭者，其亲戚兄弟妻妾，知识无能与居者，自苦而居海上，海上人有说其臭者，昼夜随之而弗能去。”“说”即是“悦”，有的人臭到亲戚朋友都不能忍受，只好自己住在海上，偏偏海上有人喜欢他的臭味，白天夜晚都追随他而离不开。曹植因而感慨地说：“兰苣荪蕙之芳，众人之所好，而海畔有逐臭之夫！”

从“好香的臭豆腐”里，我们可以思考到生命一个严肃的课题，就是我们不应以僵化固定的眼睛或思维来观世界。我们要有更广大的包容、更多元的心来容忍世间的异见，因为兰花虽香，是众人所爱，但海边也有逐臭之夫！

上善若水

生命之流确实像水，流过高山与河谷，流过沧桑与砾石，一站一站地奔向江海，在每一个因缘与相会中流过，不必积存；在每一次飘风与骤雨里流过，不必住留。

为了赶到埔里参加下午两点的演讲，我清晨八点就出门了，坐从公路局开往埔里的“国光”号，九点钟开。

沿路的交通状况十分紧张，在高速公路上又塞车，到草屯的时候已经是下午两点。我心里非常着急，想到有两百多位来自全省各地的老师在演讲的地方枯候，却也无计可施，便从旅行袋中拿出一本正在诵读的《老子》来看，翻到昨天再三诵读的一段像诗一样优美的文字：

> 古之善为道者，微妙玄通，深不可识。
>
> 夫唯不可识，故强为之容。

豫兮若冬涉川，

犹兮若畏四邻，

俨兮其若客，

涣兮若冰释，

敦兮其若朴，

嚷兮其若谷，

混兮其若浊，

淡兮其若海，

飘兮若无止。

这段话的意思是说，古代有道的人，微妙玄通，高深不可看透，由于无法看透，我们只好勉强形容他：他的细心就像冬天走过河川，他的谨慎就像畏惧四邻的目光，他的庄重就像到别人家做客，他的潇洒就像冰雪融解，他的敦厚就像朴实的原木，他的开阔就像虚怀的山谷，他的混沌就像江河，他的淡泊像沉静的大海，他的飘逸啊……像风一样永远没有定止。

读了这段话，心胸一畅。近几年不知道为什么，非常喜欢老子，甚至还胜过年轻时代喜爱的庄子，读《老子》的时候心里常有幽微、沉静、朴素、庄严之感，就仿佛走入广大的森林，呼吸清新的空气，或者是在无边的海洋上泛舟。我把这种感觉告诉对老庄颇有研究的朋友，他说："那表示你的年纪大了呀！"

他说，中国读书人到中年，很少有人不喜欢老庄的。在入世、充满活力的青年眼中，老庄是消极无为的，他们是不可能品味老庄思想的。唯有走过沧桑、对人间世无求（或知道求与不求仅是如此）的人才能品出老庄思想的真味。

正在想的时候，埔里到了，表上指着下午两点十五分。

"糟糕！再转到山里的寺庙，怕要三点了！"我心里这样想，心中浮起"涣兮若冰释，敦兮其若朴"的句子，也就释然了。对这不断变幻，没有定止的人生，我们只要时刻尽力而为也就好了，万事岂能尽如人意？

见到寺庙里主办演讲的师父，已经是下午三点了，我正好要解释为什么迟到，他满脸惊讶地说："林教授，你怎么来了？"

"咦？下午不是有我的演讲吗？"我比他更惊讶。

"没有呀！演讲已经取消了。"

我当场怔住，想到我清晨八点出门，经过七小时的奔波风尘，才到达这远在埔里山中的寺院，丢下台北那些紧急的事务，而演讲竟已取消了。我甚至没有责问的力气了，连“为什么演讲取消了，这么大的寺院没有一个人告诉我？”这样简单的问句也说不出来。记得昨天我打电话来确定，接电话的人还告诉我：“到台北公路局北站坐车。”

既然没有演讲，就转下山回台北吧。可是想到又是几小时的车程，脚就软了。

且当是一次朝圣吧！既来则安，就在寺院中安住一夜，享受这难得的夏日的清闲。

“飘风不终朝，骤雨不终日，孰为此者？天地。天地尚不能久，而况于人乎？”——天地都尚且不能永久恒常，何况是人的遭遇啊！

夜里，住在埔里的山中，继续来诵我的《老子》。

上善若水。

水善利万物而不争。

处众人之所恶，故几于道。

天下之至柔，驰骋天下之至坚。

譬道之在天下，犹川谷之于江海。

上善的人要像水一样啊！水善于利天下的万物而不与万物相争，能处在众人厌恶的低下之处，所以和道最接近。天下最柔软的事物却可以在最坚强的东西中奔行无阻。道存在于天下，就像江海永远容受着川谷的水呀！

山中夜雨，雨势可真不小，我们总是在有限的生命中奔驰，想要去完成一点什么、实践一点什么，但谁知道愈是去完成、去实践，愈是感受到生命的有限与束缚呢?

为了演讲，到一个地方是很好的，那是生命的实践。

为了演讲，到某一个地方，演讲取消了，也是很好的，那也是生命的实践。

所有的实践都只是一个连着一个的过程，是永无终止的。

《老子》的最后一章说：

圣人不积，既以为人己愈有。

既以与人己愈多。

天之道，利而不害。

圣人之道，为而不争。

我们并不积存什么，因为愈是奉献于人，自己愈富有，给别人愈多，自己拥有的愈多。自然的法则是施利万物而不伤害，圣人的法则是实践而没有企图的心。

生命之流确实像水，流过高山与河谷，流过沧桑与砾石，一站一站地奔向江海，在每一个因缘与相会中流过，不必积存；在每一次飘风与骤雨里流过，不必住留。

生而不有，为而不恃，功成而弗居，夫唯弗居，是以不去！

大四喜

如果没有佛陀的刻苦修行、体证真理，我们就无法可闻，生命的觉悟与提升就处在茫然的状态，此所以佛恩浩瀚，正是『佛法难闻』。

中土难生

新年的时候，与朋友一起到菲律宾旅行，斯时菲国南部的游击队正在和政府军作战。我想到像菲律宾这样的国家，近些年来政治动乱不安，再加上水灾、旱灾、火山爆发、地震、台风肆虐，每次都死伤惨重，天灾人祸，真不知道什么时候才能有平靖的一天。

进出菲律宾的时候，每在海关，一定要包红包才能“过关”，海关和移民局的官员公然收贿赂，大家都已经习以为常了。城市里治安败坏，结伙抢劫、杀人的新闻，在电视上几乎无日无之，这使我想起佛经里常说的“中土难生”。

“中土难生”的意思并不是生在中土难，而是生在一个社会安定、生活富足、可以修习佛法之地难。如果一个国家或社会的人，终日都在恐慌之中，活命都难以为继，佛法又何以落实在生活之中呢？

这样想，竟使我生起一种深切的感恩心，感恩生在台湾，生在“人中不高不下之地”，既能听闻佛法，又能修习佛法，这不仅是累世积聚的福德，也是来自今生的努力。台湾可能不是最好的，但总是在中上的。我们衣食不缺，日子不致胆战心惊，又有余暇来思考人生的意义，进而修行佛法，所谓的“中土难生”，指的不就是这样的地方吗？

上报四重恩

我们佛教徒在做功课回向的时候，都会念到一句偈：

上报四重恩，

下济三涂苦，

尽此一报身，

同生极乐园。

我每次诵到“上报四重恩”这一句，心里就有深刻的感动。

“上报四重恩”就是要报佛恩、父母恩、国土恩、众生恩。

如果没有佛陀的刻苦修行、体证真理，我们就无法可闻，生命的觉悟与提升就处在茫然的状态，此所以佛恩浩瀚，正是“佛法难闻”。

如果没有父母生我、养我、育我，我不会得到今天的人身，没有人身，一切的修行便成为妄谈，智慧便不得开启，慈悲就无以落实，此刻还不知道在轮回的业海中的何处飘荡，此所以亲恩无极，正是“人身难得”。

如果没有国土的载育，提供给我们生活与教育，使我们安全地成长，不虞衣食、免于匮乏与恐惧，那么我们不会有时间坐下来禅定思维，不会有闲情来念佛修观，走向自在解脱之路。试想，我们今天如果生在天灾人祸不断的国度，纵有佛法，也无暇亲近，纵有父母，也难为护卫呀！此所以国恩深厚，正是“中土难生”。

如果没有众生的协力，农夫生产活命的作物，工人织就蔽体的衣饰，匠人建造御寒的房屋，百工研发方便的车乘，我们一天都不能过下去。我们所有的时间将奔波于耕作、裁衣、造屋、行走，哪里还有心于修行呢？此所以众生的恩情无边，正是“四众难获”。

这些道理说起来非常简单，佛陀说是“上报”，其中有很深的含义。上报，一是来自感恩心，知道个人的无能与孤立，实在没有力量独立完成人生的旅程，使人能心存感念，常带情意。

从前在泰国旅行时，每天都看到僧人列队走入街坊，他们双手捧钵，目不斜视，步履庄重，行止之间充满着感恩的姿势，那是因为对“四重”的恩德有“上报”之意。我们在人群中生活，虽然不必每天双手捧钵去感恩众生的布施，但每一个人何尝不是过着托钵的生活呢？

我们托的钵里如果有佛法，盛装了智慧与慈悲，那是因为佛菩萨、祖师、师父无私的赐予。我们托的钵里如果有身心的健全，盛装了力气与成长，那是因为父母长辈含辛茹苦、做牛做马的培育。我们托的钵里如果有政治的清明、社会的安定、经济的富足，那是因为我们有一个可以安居的国土。我们托的钵里如果有相互的友爱、协助与启发，那是因为我们的四周有许多可敬可爱的众生，他们敦睦守分、慈悲护持。

上报，二是来自谦卑心，知道生命的渺小与有限，今日得闻佛法、得有人身、得生中土、得善福报，全不是来自个人的力量，这样，我们才能谦和无争，不会得少为足，真认为自己有什么伟大的成就。

一个人会有什么样的成功，能扮演什么重要的角色，都是因缘所成，没有什么可以骄傲自负的。

当我们说到修行佛法、度化父母、改造国土、解救众生的时候，常常自居于上，若从“上报”的观点来看，我们只不过是沧海之粟、大河之沫，领受种种恩德，而无知淡忘罢了。

大喜无量

有一个朋友告诉我，他在过年的时候打麻将大胜，他说：“我甚至自摸了一把大四喜。”

朋友说，他打麻将数十年，这是第一次自摸到大四喜，可见今年肯定是要大发了。

我说：“什么是大四喜呢？”

朋友解释了半天，我还是听不懂，他有点生气地说："怎么说，你也不能知道大四喜是多么稀有的牌呀！"

确实，我这辈子不可能拿到大四喜的牌，更不用说是自摸了，因为我是不打牌的人。

不过，我对朋友说，我过年的时候也自摸了一把"大四喜"，那就是更深刻地思维了"上报四重恩"的意义。

能上报佛恩，是一喜。

能上报父母恩，是二喜。

能上报国土恩，是三喜。

能上报众生恩，是四喜。

总起来是"大四喜"。

佛恩之喜，是佛告诉我们四圣谛、八正道、十二因缘，让我们不必在黑暗的生命长路中摸索，就能契入光明无量的花园，大喜无量。

父母恩之喜，是父母赐我一副健全的身心，让我们在盲龟浮木的大海中伸出头颈，得以领受智慧与慈悲的润泽，不致成为社会中的负面因素，大喜无量。

国土恩之喜，是天地化育，使我们有福报生在佛法兴盛之国、投胎于佛法流行的时代，不至于流离颠沛，大喜无量。

众生恩之喜，是不论有缘无缘，都能努力工作，使我们的生活安顿，没有后顾之忧，大喜无量。

此“大四喜”，正是喜无量心的根本。

我对朋友说：“我虽然不能体会你自摸大四喜的快乐，但是我的大四喜，不必等待机运，只要以心思维，任何人都可以体会呀！”

最胜福田

“上报四重恩”，不是微小的事。

根据《优婆塞戒经》、《像法决疑经》、《大智度论》的说法，人生于世界，有三种可生福德之田，称为“三福田”。

第一种福田叫“敬田”，也叫“恭敬福田”，就是尊敬佛、法、僧三宝，可以使一个人的心田因恭敬而生起功德。

第二种福田叫“恩田”，也叫“报恩福田”，就是报答父母师长的教养，可以使一个人的心田因恩情而生起功德。

第三种福田叫“悲田”，也叫“怜悯福田”，就是悲悯贫病者，可以使一个人的心田因慈悲而生起功德。

《广弘明集》说："今论福德乃以悲敬为始。悲则能哀矜苦趣之艰辛，欲愿拔济彼等出离；敬则知佛法难遇，能信仰弘布之。"

《正法念处经》说，佛为出三界的最胜福田，父母为三界内的最胜福田，要种福田的人，必从佛的恭敬与父母的报恩开始。

但，佛也是从众生中觉悟的，而父母正是芸芸众生之一，所以真实的报恩则是使恩德落实于一切众生。

在众生之中，看见了佛的心，这是上报。

在父母的爱中，看见了菩萨的心，这是上报。

想种福田的人，从四重恩中思维与体验，就是在播种福田的种子。

新春祈愿，愿人人都能上报四重恩，并从中得大四喜，进而喜无量心，得大自在。

卷二　只手之声

一个人能坚持自己生命的风格

时时心存大我之念

以平常心面对世界

就是菩萨道的真精神

当一个社会懂得互相敬服和谦和时，表示这个社会比较文明，其民主也较扎实，因为文明或者民主，是从尊重他人开始的。

更大的宽容

日本禅宗史上有一位盘珪永琢禅师，他是临济宗的传承人，曾留下几则有关人情义理的公案，我非常喜欢，特别是在人心纷乱、义理不明的时代读起来，更是有如醍醐灌顶。

盘珪禅师的法席很盛，每当他主持禅七的时候，各地的禅修者都不远千里来参加。他来者不拒，因此其中就免不了有一些杂乱的分子。

在一次禅修会上，一名弟子行窃，当场被捉到了。其他人立刻去向盘珪报告，并请求禅师把这名弟子逐出去，因为大家都觉得犯偷窃罪的人没有资格修行的。

但是，盘珪不予理会，只叫大家继续用功。

过了不久，那位弟子偷盗的病复发了，不幸又被当场捉到，大家又请求盘珪，只有将犯人逐出，才能安心修道。但是，盘珪还是没有行动，只叫大家继续用功。

其他弟子大为不服，认为师父是非不明，因此联署签名上了一纸“陈情书”，强调如果不将犯偷窃罪的弟子逐出山门，他们就要集体下山，不再跟盘珪学习。

盘珪读了“陈情书”，把所有人都召集起来，对大家说：“你们都是明辨是非的师兄，已经知道什么是对的、什么是错的，只要你们喜欢，到任何地方都可以修行。但是，这位偷盗的师弟甚至连是非都不能分辨，如果我不教他，谁来教他？我要把他留在这里，即使你们全部离开。”

盘珪说完后，那位犯偷盗的弟子立刻流下眼泪，得到了彻底的净化，偷窃的冲动从此消失。

那些本来要离开的弟子也深受感动，又一次领会了慈悲与宽容的要旨。

我想，特别是在急躁的人群里，只有拥有更大的慈悲、更多的宽容，才能有所改变。如果人人都充满了对立、抗争、瞋视，那么，不仅不会使环境改善，反而会增加社会的恶质化。

对人的敬服

由于盘珪广大的心量，来受教的人更多了，不仅学禅的人来参学，社会各阶层，甚至各宗派的信徒都来受救。

他的信徒愈来愈多，结果激怒了许多有嗔恨心的法师，特别是一位日莲宗的法师，因为他的弟子都跑到盘珪座下习禅去了。这位法师很不服气，决定到盘珪说法的地方，公开辩论，一决雌雄，甚至要给盘珪难堪。

当盘珪讲经的时候，那位法师突然从人群中站起来："喂，等一下！你说了那么多，一般人可能会敬服你。但是，像我这么有智慧的人就不服你，你能使我敬服你吗？"

"到我这边来，让我做给你看。"盘珪平静地说。

日莲宗的法师昂然地推开人群，走到盘珪的座前。

“到我左边来。”盘珪微笑着说。

法师走到他的左边。

“嗯，不对，”盘珪说，“你到右边来，这样也许好谈些，请到这边来。”

法师傲然地从左边走到右边。

“你瞧，”盘珪说，“你已经敬服我了，我想你是一位非常谦和的人，现在，坐下来听道吧！”

我想，在民主社会，最难的大概就是“敬服”和“谦和”吧！许多人对上不懂得敬服父母、长辈、上司，对下也不知道以谦和地对待子女、晚辈、部属，这两者做不到，对平辈当然也就不会敬服和谦和了。其实，对别人敬服，并不会降低自己的价值；对别人谦和，也不会失去自己的权威呀！

当一个社会懂得互相敬服和谦和时，表示这个社会比较文明，其民主也较扎实，因为文明或者民主，是从尊重他人开始的。

真正的本性

有一位禅僧来求教盘珪禅师："弟子生来脾气暴躁，难以遏制，究竟该如何对治？""这倒是非常奇怪。"盘珪说，"让我看看那是什么？"

"我现在没办法拿出来给你看。"禅僧回答说。

"什么时候可以给我看？"盘珪说。

"它来时不可预料。"禅僧答道。

"那么，可见它不是你的真正本性，否则的话，你应该随时可以指出来给我看。你并非生来就有它，你的父母也没有把它传给你，好好地想想！"

一个人会败坏，或一个城市会混乱，通常都不是"生来如此"，而是经过长期的习气的熏染。

我们可以想想，二十年前，台湾是多么有人情味的地方，治安之平靖在全世界都很有名。而三十年前，台北的空气还很清净，交通也很有序呀！几乎只是一转眼之间，我们都感觉到好像台北"生来"就是道路脏乱、空气污黑、人性暴虐的，而台湾人"生来"几乎就是暴发的、贪婪的、没有公德心的。

其实，这些都不是天生的。

全社会的爱

我们今天在忧心台湾社会的时候，很少思考到社会是一个整体，许多事不会单独发生，也不会突然发生或偶然发生，就像一个番薯的腐败，是整个番薯的事情。

我曾听过一个研究食品营养的专家说过，一个番薯如果腐烂，一般人通常把烂的部分切掉，好的部分煮来吃。这是一个错误的方法，因为番薯如果部分腐烂，完好的部分会产生抵抗腐烂处霉菌的抗体，反而是毒素最多的地方。

专家说："把好的部分丢掉，把腐烂的地方煮来吃，反而还安全一些。"

一个社会的组成者是人，只有人会腐败，社会并不会腐败，所以今天要挽救社会，首要是挽救人的品质，只有人懂得宽容、敬重、谦和，社会才能得到改变啊！

禅宗有一个公案叫作“只手之声”，就是禅师举示说：“我们都可以听到两手拍掌的声音，这不稀奇，让我们来听听只手之声吧！”

一只手怎么会有声音呢？

大部分参学的人因此走入了迷途。

这个公案的原始精神是“通身是手眼”，也即是“千手千眼”，不只是一只手会有声音，一只眼也是有声音的。因为手不是独自存在，眼也不可能单独使用，它们是整个心智与人格的展现。

因此，全社会注重情感与伦理的线索，就是要从“我”开始来重视情感与伦理。

全社会的爱，由我开始。

全社会的品质，由我的手、我的眼、我的心开始！这就是全社会的“只手之声”，你听见了吗？

花木之真相

我心里颇有荒诞之感。在这个混乱的时代，从松山到高雄竟比从松山到松山还快，真假既无辨别，远近也互相交错了。唉，这世间究竟有什么真实的事呢？

到松山机场送朋友搭飞机回高雄，发现才几个月不见的机场，已经大为不同了。经过大幅整修的机场，显得宽广明亮，比起以前的老旧灰暗，感觉舒适得多。

最使我惊喜的是，机场各处遍布了绿色植物，有许多盛开的花朵。不管在什么地方，只要有了植物、有了花朵，就仿佛被赋予了生机，因为欣欣而有了向荣之意。

我时常想，把室外的花木移植到室内，使得风与水得到改变，这使人成为空间的上帝，缘手指所到之处，空间便完全不同了。在夏日午后，我时常和朋友到凯悦饭店和西华饭店去喝茶，每次看到大厅中那些巨大的树木和艳丽的花朵，就好像闻到清芬，有一种感动，感动于经营者那细微的用心。

松山机场能种植这么多花木，真是一件好事。

可是，仔细观察之后，才发现机场的植物，从最细小的草叶到最巨大的树木，从最翠绿的叶子到最鲜丽的花朵，全是塑料制品。这一发现真是非同小可，在偌大的机场，花费巨大的人力、财力整修，为什么连一株真实的花木都没有呢？

“真是没有水平！”我说。

朋友说：“你不要这么挑剔，用假的花木省事嘛！这些花木做得跟真的很像，一般人是看不出来的，何况，大部分人都很粗糙，眼中根本不见花木，哪里还管什么真假呢？”

朋友说得有理，可能是我自己太执着，假花又不会碍着我，何必为假花失望呢？在这个真假难分的时代，谁又会在乎真假呢？

我开始检查自己的执着，我的执着是来自内心的觉受？或是因为假花不如真花？我并不讨厌一切的假花，像干燥花、缎带花、纸花，这些并不会引起我厌烦的情绪，为什么唯独不能忍受塑料花那种僵化、俗气的样子呢？那是因为塑料材质本身是不自然的、纯机械的、难以表达心灵的。

如果有一种花，它做得非常真实，它的材质也不是塑料，那么，我可不可能喜欢呢?

我想到今年春天和朋友在福华饭店听蒙古民谣、喝下午茶的情景。我们抬头看到三楼种了几棵椰子树和香蕉树。

朋友说："这饭店了不起呀！竟然有办法把椰子和香蕉种在室内！"

"一定是假的！"我确定地说。

朋友仔细端详半天，不肯相信那是假的树木，要和我打赌。我说："好！输的人就请下午茶吧！"

结果，朋友独自跑到三楼去检验那椰子树和香蕉树。我看到他甚至攀在树上敲打，然后他颓然地下楼来："是假的，树干是铝做的，包着棉纸，叶子也是纸做的，敲起来'锵锵'响。"

接着，他感到十分疑惑："你怎么知道是假的呢？它和真的一模一样，而且实在做得天衣无缝！"

我说，第一是常识，椰子和香蕉是热带植物，纵使在台北的山上也难以结出果实，何况是在饭店里，怎么可能结果?

第二是观察，凡是真的树木或树干，绝对不可能完美的。其实花木必有残缺，例如裂开的、枯萎的叶子，有创伤的树干，那饭店里的树木太完美了，完美得现出它的虚假。

第三是感觉，我是亲手种植过香蕉、椰子的人，光是感觉就可以断定呀！感觉虽然有时误假为真，但有时也可以分别真假。

离开饭店之前，我们又跑去看那真假难分的椰子树、香蕉树，虽是假的，却做得青雅细致，宛如艺术品。我想，福华饭店是画家朋友廖修平的家族企业，假的花木也比普通的细致呀！

但是，假的花木毕竟不是真的，真实的生活虽有残缺，就像真的花木必有凋萎缺损，但总比假的幸福要来得有生机，更值得珍惜。真实的生活有喜怒哀乐各种或好或坏的感觉，总比没有感觉来得真切。

假的花木或者完美，或者如此肖似，但我们无法投入那个完美和肖似之中，因为许多完美不能以爱投入，许多肖似不能用真实的心欣赏。因为它们没有生命、没有生机、没有变化，也就没有伤逝、凋零与疼惜。

因此，坐在松山机场的假花阵中，我感到茫然。

一个在感觉中麻木的时代，人们比较不在乎真假，自然也就反映在人所处的环境了。

朋友坐飞机走了，我沿着种满假的花木、铺着假的泥土的松山机场走出来，叫了一部出租车回家。

车上正播着一首哀怨的流行歌《下一个男人也许会更好》，但下一个男人也可能会更坏呀！

在忠孝东路，车子陷入台北午后习惯性的塞车中，每一个驾驶人都沉默地忍受着，一寸一寸走过千疮百孔的马路。路边的标语牌上写着：

每一张统一发票是一朵花，统一发票是城市的花园，请索取统一发票！

统一发票也是一朵花吗？这是多么逞强无理的概念呀！

好不容易回到家里，我就接到朋友从高雄打来的电话："我到高雄有一下子了，打几次电话都没有人接，塞车了吧？"

我心里颇有荒诞之感。在这个混乱的时代，从松山到高雄竟比从松山到松山还快，真假既无辨别，远近也互相交错了。

坐在书桌前面，我看着不久前种在盆子里的番薯和芋头，它们长得青翠优雅，生气尤胜于花园里的玫瑰花。唉，这世间究竟有什么真实的事呢?

休恋逝水

佛法讲的也无非是『知苦、断集、慕灭、修道』之理，佛法不只是为逃避人生之苦的人而存在的，佛法更是为那些在生命中搏斗、永远怀抱希望的人而存在的。

姚仁喜、任祥邀请我到他们负责的大元建筑及设计事务所演讲。演讲前，任祥在电话中告诉我，将请她的母亲顾正秋来为我做引言。我听了颇感愧不敢当，因为顾正秋女士是我非常敬佩崇仰的人，在我们的“国剧”界，数十年来没有人的成就超过她，毫无疑问，她是当代的“国宝”。

我和顾正秋女士曾有一面之缘，是在数年前同时得到“国家文艺奖”的时候，我得的是“散文奖”，顾女士得的是“特别贡献奖”。当时匆匆照面，加上颁奖的场面严肃，故没有趋前表达我的敬佩之意。

为什么我会特别敬佩顾正秋女士呢?

一来是因为她在“国剧”上的成就。我因幼年居住乡间，对于“国剧”几乎是“剧盲”，但后来在报社主编“艺文版”，常有机会接触“国剧”界的朋友，几乎人人都夸赞她曾为台湾的“国剧”艺术奠立了深厚的基础，而有志于“国剧”的青年，都以她为典范。我觉得，一个人要做到外行人都叫好捧场是比较容易的，要做到同行都竖起拇指赞誉，必然有极杰出的地方。这也使得她在1988年为中华电视台录制电视“国剧”时，我曾用心地在电视上欣赏她的表演，虽然我还是不懂“国剧”，但可能由于用心的关系，便也颇能体会“国剧”那种高华抽象之美，我也看出，只要顾正秋女士一上舞台，整个舞台便充盈而有了动人的因素。

二来是因为我曾读过顾正秋女士的传记，发现她实在是一个非凡的人。她十一岁就进入上海剧校学戏，先后得到程砚秋、黄桂秋、魏莲芳、朱琴心、陈桐云、张君秋、梅兰芳的熏陶，成为海峡两岸剧界集最多名师于一身的青衣祭酒。她二十岁时就组了自己的剧团“顾剧团”，红遍大江南北。

1948年，顾正秋率剧团来台湾。她在永乐戏院唱戏，每逢周日早场，为劳军义务演出，长达五年之久，并且多次到前线为军队演出，不仅对本省的“国剧”有开荒播种之功，对于安抚人心、鼓舞士气，也有极大的贡献。这样无私的奉献与付出，颁给她最高的勋章，实不为过。

但是，我觉得顾正秋女士所得的最高勋章，应该颁给她扭转了一般人对于演艺人员的固定形象，建立了一个演员的崇高形象。另一个应该颁给她勋章的原因是，在演剧事业最巅峰的时候，她为了爱情，急流勇退，于1951年与任显群先生结婚，甚至到金山去经营农场，过着平凡的主妇生活。

任祥在一篇《休恋逝水》的文章里，曾回忆童年时在金山的生活，十分感人——

我们在金山农场的家，是没有邻居的。半山腰孤零零的四五间砖砌的房子，屋顶盖的是茅草，光线也不好。

那时候，农场还没有电，晚上点的是马灯，吃用的水也都需用明矾沉淀过。台风来的时候，母亲总和父亲守在窗口，担心屋顶被风刮下来，或田里的作物被风雨打坏了。天气好的时候，母亲忙里忙外，也常拉着我的手到田里探望女工工作，和她们聊聊天……父亲有一部下雨会漏水的老吉普车，有时黄昏后也会载着母亲和我们三个孩子到台北看看朋友，买些日常用品。

山上的雾很大，一过傍晚就一片雾茫茫，几乎看不清自己伸出的手。

我印象最深刻的画面是父亲开着车子，母亲不停地用抹布帮着擦拭车窗上的雾水，也不时地把头伸出窗外看路，我们一家人就这么一晃一晃地回到了半山腰的家。

很难想象，曾经在戏台上拥有过无数掌声的人，突然之间过着最平凡的生活，无怨、无悔。

这不就是一般人终生都在追求的“平常心”吗?

平常心要说是很容易的，但是要身体力行，就必须要有非凡的毅力和不凡的人格才能达到。

这样一位令人敬佩的长者，现在竟站在讲台上说是我的忠实读者，使我既感动又惭愧。

任祥对我说：“我妈妈读了你的三十几本书，对你是非常了解的。”

演讲完后，与顾正秋女士聊天。

她非常自谦，说心里十分向往佛道，但可能由于慧根不够，总是觉得那些高深的佛法无法理解。我却觉得她对佛法有很好的体验，因为佛法说的无非是“一切有为法，如梦幻泡影，如露亦如电，应作如是观”。

顾正秋女士演过无数的戏剧，出入于如梦如戏之中，早以平常心看清了人生世相。

佛法讲的也无非是“知苦、断集、慕灭、修道”之理，近年遍尝“爱别离”苦痛，对人生幻景的了解与体会定非常人可及，如今她还充满活力地生活着，这不就是最真实的佛法吗？

佛法不只是为逃避人生之苦的人而存在的，佛法更是为那些在生命中搏斗、永远怀抱希望的人而存在的。

和顾正秋女士的一席谈话，使我们亲近了不少，因此我改称她“顾阿姨”。

临别的时候，顾阿姨送我一套印刷极精美的画册，回来后仔细捧读，读到了几篇她朴实的回忆文章，也读到了几篇极感人的、任祥写母亲的文章，特别感动我的是《休恋逝水》，是取自《锁麟囊》一剧中的戏词，这戏词不仅优美，也引人深思，我把它抄录在这里：

一霎时把七情俱已昧尽，参透了酸辛处，泪湿衣襟。我只道，富贵一生注定，又谁知人生数顷刻分明。想当年，我也曾撒娇使性，到今朝，哪怕我不信前尘，这也是老天的一番教训。它敦我收余恨，免娇嗔，且自新，改性情，休恋逝水，苦海回生，早悟兰因，可怜我平地里遭此贫困，我的儿啊——

这样的寓意使人想起《红楼梦》的结局，“休恋逝水”，就是禅师所说的“看脚下”、“活在眼前”、“活在当下”，因为生活、生命、时间、空间就像一条大河向前流去，唯有这一刻才是真实的。“两次伸足入水，已非前水”，我们所站立的姿势，这一刻，最值得体验，里面就隐藏着生命最大的秘密呀！

1987年，顾正秋女士为“国家剧院”落成首演，并正式宣布告别舞台，她当时选的戏码是生平从未演出的《新文姬归汉》，很多人问她："为什么最后一次演出，选的是第一次表演的戏呢？"

她的回答是："简单地说就是有结束也有开始，象征着生生不息吧。我个人的戏剧生涯结束了，但希望有更多的后辈仍在舞台上为传统'国剧'献身，努力把'国剧'的香火延续下去。"

这是多么澄明的观点！

每一波逝水的终点就是起点，生命是生生不息的。

在我们身边，许多人都用他们最宝贵的生命来为我们演出佛法。从顾阿姨的身上，我看到，一个人能坚持自己生命的风格，扮演好在生命中不同的角色，时时心存大我之念，以平常心面对世界，就是菩萨道的真精神！

一步千金

重如千两的黄金是在生活的每一步里展现的，在眼前的一步，如果没有丰盈的心、细腻的情感、真实的爱，那么再多的黄金也只成为生命沉重的背负。

一个青年，二十岁的时候，就因为没有饭吃而饿死了。

他到了阎王爷的面前，阎王从生死簿上查出，这个青年应该有六十岁的年寿，他一生会有一千两黄金的福报，不应该这么年轻就饿死。

阎王心想："会不会是财神把这笔钱贪污掉了呢？"于是他把财神叫过来质问。

财神说："我看这个人命格里天生的文才不错，如果写文章一定会发达，所以把一千两黄金交给文曲星了。"

阎王又把文曲星叫来问。

文曲星说："这个人虽然有文才，但是生性好动，恐怕不能在文章上发达，我看他武略也不错，如果走武行会较有前途，就把一千两黄金交给武曲星了。”

阎王再把武曲星叫来问。

武曲星说：“这个人虽然文才武略都不错，却非常懒惰，我怕不论从文从武都不容易送给他一千两黄金，只好把黄金交给土地公了。”

阎王再把土地公叫来。

土地公说：“这个人实在太懒了，我怕他拿不到黄金，所以把黄金埋在他父亲从前耕种的田地里，从家门口出来，如果挖一锄头就挖到黄金了。可惜，他的父亲死后，他从来没有挖过一锄头，就那样活活饿死了。”

最后，阎王判了“活该”，然后把一千两黄金缴库。

这是一个流行的民间故事，里面含有非常深刻的寓意：一个人拥有再大的福报和文才武略，如果不肯踏实勤劳地生活，都是无用的。

同时还有另一个寓意是：对于肯去实践的人，每一步、每一锄头都值一千两黄金；如果不去实践，就是埋在最近之处的黄金也看不到啊！

其实，这是再简单不过的道理，从前农业社会的人很容易体会到，唯有实践才是唯一的真理，田里的作物是通过不断耕耘实践才一点一滴长成的。空想，或者理论不管多好，都无助于一粒米的成长。

到了现代社会，由于社会的多元，空想的人逐渐增多了，大家总是希望有什么空隙可以不劳而获，有什么方法可以一步登天，那些老老实实工作的人反而被看成傻瓜，只好继续安贫乐道了。

我认识许多在社会中老老实实过日子的人，他们既不知道股票为何物，也不懂得投资置产，时间久了，看到四周许许多多突然暴发的人，心里难免感到不平衡，由于不平衡，也就不安稳了。

例如，我们会听到某人一个晚上请一桌筵席就花了三十几万元。

例如，我们会听到某一个富豪请吃春酒，一请五百桌，数百万元一夜就请掉了。

例如，我们会听到某人包了一架飞机，请亲戚朋友到国外旅行，以炫耀自己的财力。

例如，我们会听到某人到酒店喝酒，放一叠千元大钞在桌上，凡是点烟的、送毛巾的、端盘子的，人人有份，一人赏一千元。

例如，我们会在报纸上看到，一些有钱的人吃完饭一起到赌场消遣，每个人身上都有几千万元。

在这个社会上，确实有许多人一夜的花天酒地所挥霍的金钱，正是那些勤劳工作的人一生所能赚到的总和。而可笑的是，那些腰缠万贯的富豪，缴的所得税可能还少过一个职员。

不过，也不必感到悲伤，因为在时间这一点上，是很公平的。花天酒地是一夜，冥想静思也是一夜。花数十万元过一夜，在时间上与听音乐过一夜是平等的，而在心性的快乐与精神的启发上，可能单纯平凡的日子更有益哩。使生命感受到丰盈的，不是欲望的扩张，而是心灵深处的触动；使生命焕发价值的，不是拥有多少财富，而是开发了多深的智慧；使人生充满意义的，不是对某一个目标的奔赴，而是每一步都得到心安与落实。

有钱是很好的，有心比有钱更好。

有黄金是很好的，情感有光芒比黄金更好。

有钻石是很好的，真实的爱比钻石更好。

重如千两的黄金是在生活的每一步里展现的，在眼前的一步，如果没有丰盈的心、细腻的情感、真实的爱，那么再多的黄金也只成为生命沉重的背负。

除了眼前这一步、当下这一念心，过去的繁华若梦，未来的渺如云烟，都是虚妄而不可把捉的呀！

梦奇地

世事一场大梦，人生几度新凉，流逝的我真像是一场梦，虽说梦里是那样真实，却如飘落的秋叶，一下就黄了，化为春泥了。

1

台北有一家大型的玩具连锁店，名字叫“梦奇地”，我偶尔会带孩子去看那些来自世界各地的玩具。我觉得玩具是梦想，也是魔幻，反过来看，有时候人生的一些情节也像玩具一样。

我问孩子：“为什么这家玩具店叫梦奇地呢?”

他说：“这表示是充满梦幻和奇想的地方。”

但是，看到这三个字，我时常想到的是：梦是奇怪的地方。

梦，也确实是奇怪的地方。有的人说“人生如梦”，有的人说“人生如戏”，到底人生是更接近梦，还是更接近戏呢?或者，人生像是一家玩具店，充满了梦想与奇戏，我们在里面不容易觉察到它只是一家玩具店，就像儿童走进玩具店一样，过度投入了。

因买不到玩具而赖在地上打滚号哭过的人，只有在走出店铺时才会发现，为买一个玩具而哭，实在是荒诞的。买到玩具的开心，也不能维持太久，因为只要是玩具，很快就会腻了。但，偶尔去玩具店，偶尔有游戏的心，偶尔在白日里做些梦，总是好的。

2

因此，我很感恩人有夜晚。人需要睡眠，人还可以有梦，如果一天二十四小时都是白天，都需要工作，都要面对血淋淋的人世，那是多么可怖呀！

睡眠，是关于死亡的练习。

梦境，是关于来生的练习。

夜晚，是关于温柔的练习。

种种练习都做好了，就叫作“至人无梦”。

3

做无梦的至人是很好的，但凡人有梦也好，有平衡作用。

在噩梦中惊醒，吓了一身汗，说："还好是梦，我的环境都在噩梦里发生过了，我的业障在梦中清洗了，现实生活一定不会这么糟了。"这样，对于苦境就不会执着。

在好梦里依依不舍地醒来："呀！可惜是梦，人间的好，也如是了。"那么，对于喜风就不容易倾动。

"梦里明明有六趣，觉后空空无大千"，这是禅家的开悟之语，很好。于真切的人生中，有可能是"生活明明有六趣，梦中空空无大千"，也未尝不美。

梦，是一个真实的丧失；真实，则是梦的丧失。

有时候，某些丧失并不是坏的，因为那是获得自我认识的一个方式。因此，每次从梦里醒来，总使我有一些欢喜——重新获得自己的欢喜。

南柯，或者黄粱的一梦，有遗憾、有丧失，但是也有欢喜、有获得。庄子与蝴蝶的化身飞翔，是飞翔于梦与游戏之间，是自我证明的一次停格。

4

《大智度论》否定梦的作用，说“梦非实事，尽属妄见”，主张梦是妄想非实的，不必在意。《大昆婆娑论》则说“梦为实有，若梦非实，便违契经”，主张人对于自己的梦，也应该负起道德的责任。

有些经典说梦不是实有，但也有些经典肯定了梦里的境界。这不是经典有所矛盾，而是，对于执着于梦的人，要放下梦里的所见，对于轻视梦的人，要正视梦的象征与意义。

一切法如梦，但是，梦不可以显现一切法吗？

“诸法实尔，皆从念生。”——念，可以在生活中、在梦中、在一切处生起。

现实或者是一部分的梦，梦或者是一部分的现实，善观现实者可以看到“一切有为法，如梦幻泡影，如露亦如电，应作如是观”，善观梦者则可以觉知“寿暖及与识，舍身时俱舍，彼身弃冢间，无心如木石”。

梦或不梦不是重点，觉或不觉才是要义。

5

有人来向我说噩梦，我会安慰他。

有人来向我说好梦，我会点醒他。

对于自己，我也如是安慰、如是点醒。

6

庄子《齐物论》里说：“梦饮酒者，旦而苦泣；梦哭泣者，旦而田猎。方其梦也，不知其梦也。梦之中又占其梦焉。觉而后知其梦也。且有大觉而后知其大梦也。而愚者自以为觉，窃窃然知之。君乎？牧乎？固哉！”

这段话很美，译成白话是：“昨夜梦到开心喝酒的人，早上却痛苦地哭泣；昨夜梦到痛苦哭泣的人，早上却开心地去打猎。刚刚在做梦的时候，不知道自己在做梦。何况在梦中，有时还有梦呢，醒来以后才知道刚刚是梦。只有大觉悟的人，才知道人生是一场大梦。愚笨的人自以为觉悟，私底下好像已经知道了。可是他为什么还在分君分臣？明贵明贱？实在浅薄呀！

7

世事一场大梦，人生几度新凉，流逝的我真像是一场梦，虽说梦里是那样真实，却如飘落的秋叶，一下就黄了，化为春泥了。

“晚上做梦，不晓得是梦的人，醒来后，仍能记得千鸟的叫声。”

“在梦中为落花飘零惋惜，醒来之后，心仍有惋惜之意。”

“清晨梦中，看到衣服里有着珠宝，使我迷惑了。”

泽庵禅师曾写过《梦千首》来表达人生就像梦境，梦境虽是虚幻，但醒后还留着残心，是非常值得珍惜的。

我有时独坐静观，看见那些流去的岁月，恍然如梦，觉得梦里的人与我就像在镜中相逢，互相端视面目，谁是我？我是谁呢？

僧肇大师说：“旋岚偃岳而常静，江河竞注而不流。野马飘鼓而不动，日月历天而不周。”确实，生命的奔驰有如野马，连日月也迅如流星，但是，谁看见了那常静、不流、不动、不周的自我呢？

这样想时，真像是听见了童年梦里的千鸟的鸣声。

家有香椿树

那高大的香椿树每到初夏，就会开出一簇簇的小白花，整个天空就会弥漫着一种清香，然后，结果了，果熟裂开了，香椿树带着小翅膀的种子就会随风飞到远方。

我在市场里看到有人卖香椿，一大把十元，简直有点欣喜若狂，立刻买了三把回家，当天晚上就做了香椿拌面、香椿炒蛋、炸香椿，吃的时候自己都觉得好笑，感觉自己就像得了相思病，不，是“香椿病”。

说起香椿，它给人的味觉是很难形容的。它的香气强烈而细致，与一般的香菜，像芫荽、芹菜、紫苏，大为不同，食之风动，令人心醉。香椿与一般香菜更不同的是，一般香菜多为草本，香椿树却是乔木，可以长到三四丈高，如果家里种有一棵香椿树，一年四季就都有香椿可吃。

我对香椿的感情是从小就培养出来的。我们以前在山上的家，屋后就有几棵极高大的香椿树，树干笔直，羽状复叶，树形和树叶都非常优雅，是非常美的树木。

我的父亲独沽一味，非常喜欢香椿的气味。他白天出去耕作，黄昏回来的时候，就会随手摘一些香椿的嫩叶回家，但是偏偏母亲不喜欢香椿的味道，所以父亲时常要自己动手。他把香椿叶剁碎，拌面或拌饭，加一点油、一点酱油，就是人间至极的美味。

最简单的做法，是把香椿剁碎了放在酱油里，不管蘸什么东西吃，那食物立刻布满了香椿的强烈的气息。

次简单的做法，是用香椿叶来炒蛋，美味远非菜脯蛋、洋葱蛋可比。或者是用蛋和面粉裹香椿叶下去油炸，炸得酥黄香脆，可以当饼干吃。或者，以香椿拌豆腐。

还有复杂一点的，就是以香椿叶子包饺子、包子、粽子，香气宜人。

我受了父亲的调教，自小就嗜食香椿，几乎有香椿叶子，什么东西都吃得下了。而香椿树那种独一无二的气味，也陪伴了我的童年。那高大的香椿树每到初夏，就会开出一簇簇的小白花，整个天空就会弥漫着一种清香，然后，结果了，果熟裂开了，香椿树带着小翅膀的种子就会随风飞到远方。

有时候在林间会发现新长出的香椿树，那时，我就知道有一颗香椿树的种子曾落在这里。香椿树的幼苗和嫩叶一样，刚生长的时候是红色的，慢慢转为橙色，最后变成翠绿色。爸爸常说："香椿如果变成绿色就不好吃了。"因为绿色的香椿树纤维太粗，气味太烈了。

有时候，我路过山道，看到小香椿树，就会摘一片叶子来闻嗅，然后放在嘴里细细地咀嚼，特别感觉到香椿树的香甘清美，真不愧是香椿呀！

自从到台北以后，就难得品尝到香椿的滋味了，所以每次回乡下，总会设法去找一些香椿来吃。有一年，我住在木栅的兴隆山庄，特地向朋友要来两株香椿树的幼苗种在院子里。香椿树长得有一人高，我偶尔会依照父亲的食谱，摘香椿叶来试做，滋味依然鲜美，于是就会唤起从前那遥远的记忆。

后来我搬家了，也不知道院子里那两株香椿树变成什么样子了，会像故乡的香椿树那样长到三四丈高吗？会开花吗？种子也会飞翔吗？

有一次读庄子的《逍遥游》，说道："古有大椿者，以八千岁为春，以八千岁为秋。”所以香椿树应该是很长寿的。由这个典故，以香椿有寿考之征，所以古人称父亲为“椿”，称母亲为“萱”，唐朝牟融有诗说“堂上椿萱雪满头”，是说高堂的父母已经白发苍苍了。

父亲过世之后，我也吃过几次香椿，但每次，那强烈的气息都会给我带来悲情，使我想起父亲，以及他手植的香椿树。他常说：“香椿是很上等的木材，等长好了，我们自己砍下来做家具。”一直到他离开这个世界，他也没有砍过一棵香椿树。我以前一直以为是香椿还没有长好，现在才知道那是感情的因素。八千年为春秋，那是永远也长不好了。但愿，爸爸在极乐世界，也会有香椿拌面可以吃。

端午节的时候，我路过松山的永春市场，看到有人在路边卖“香椿粽子”，便买了几个来吃，真有一点爸爸的味道。唉！

吃香椿粽子的时候，我决定了，将来如果有一个庄园，屋前屋后我都要种几棵香椿树，来纪念爸爸。

以美点亮心灯

在这样混乱的世代里，一般人无法契入禅佛之教，是因为心灵里缺乏美的质地。如果能唤醒那种美的质地，就易于体会佛道的真实、灵慧与优美。

在国家音乐厅欣赏了《梵音海潮音》，走出来才发现室外的空气非常清冷，刚刚在听梵乐的时候那种温暖，也就格外感到明确而深刻了。

我沿着“中正纪念堂”的水池边散步，想起一个传说。

传说释迦牟尼佛在灵山上说法时，因为怜悯盲目的弟子严窟尊者，曾以弦乐器件奏，唱颂地神陀罗尼偈。

传说为文殊师利菩萨化身的妙音佛母，造型便是手里拿着琵琶的。当他弹琴唱歌的时候，这世界所有的烛火都会被点亮，人心里的灯也因为听见那样优美的音乐而亮起来了。

西元前二世纪时的马鸣菩萨，曾经将释迦牟尼佛的故事写成

《佛所行赞》，并且将赖托和罗求法之事，写成《赖托和罗伎》，在王城前的大广场演出，由于音乐太动人了，曾引起五百位青年矢志出家。

我自己也有许多次被佛教音乐深深感动，有一次是在寺庙里的晚课时间，听到许多师父合唱弘一大师和太虚大师合写的《三宝歌》，回肠荡气、波澜壮阔，仿佛一面大旗飘舞于风中。那首歌唱完了，我独独坐在一旁，一时竟说不出话，也不能起身。

那时我还没有信佛，而且是首次听唱《三宝歌》，非常自怨：佛教有这么美妙的歌，我以前怎么不知道呢?

后来，我学会唱《三宝歌》了，每次一唱到“人天长夜，宇宙合暗，谁启以光明”一句，都会忍不住眼湿，不久，我就皈依了三宝。

还有一次，是在密宗的灌顶法会上，台前点了数百盏光明灯，人人双手合十，合唱《嗡嘛呢呗咪吽》，周而复始，循环不息，唱到后来，感觉人仿佛是站在一朵云上，或是一朵莲花上。这六字大明咒原是“祈求内心的莲花开放”之意，吟咏着唱起来，感觉到莲花正一瓣一瓣地伸展着，而四周的灯火正在大放光明……

这一次《梵音海潮音》的演唱，佛光山丛林学院的师父风尘仆仆地跑到台湾最高的音乐殿堂演唱，给了我三个非常大的启示：

一是师父们也可以唱出极其美妙的歌声。

二是佛教的歌曲也可以登音乐之堂噢。

三是用歌声可以唤醒人内在的柔软的心灵，促使人走向觉悟。

更令我欢喜的是，担任指挥的王正平先生和演唱《三宝颂》、《目连救母》的吕丽莉小姐都是我的旧友。

几年不见，他们的音乐造诣都已经有了极高的境界，而且都皈依了三宝，是虔诚的佛教徒。

这一次的曲目里有《炉香赞》、《三宝颂》，都是由王正平编曲的，繁复优美的《天龙引》也由他作曲，可见他在佛教音乐中已经浸淫甚久，并且也带着我们看见梵呗音乐的新美景。

吕丽莉用高而广的歌声唱着：

南无佛陀耶，南无达摩耶，南无僧伽耶，南无佛法僧，您是我们的救主，您是我们的导师，您是我们的真理，您是我们的光明。我皈依您，我信仰您，我尊敬您。南无佛陀耶，南无达摩耶，南无僧伽耶。

一时，真情流露，动人心魄。特别是她唱起《目连救母》：

昔日有个目连僧，救母亲临地狱门，借问灵山有多少路，有多少路？阿弥陀佛！有十万八千有余零，阿弥陀佛，阿弥陀佛！

如泣如诉，余音绕梁，使人的心提到一个非常细微而温柔的境地。

仁爱小学合唱团唱的《心经》，童心洋溢，使深奥的心经一时如路边的繁花盛放。

佛光山丛林学院这一次精英尽出，以雄浑的男女声合唱，使我们好像亲临了马鸣菩萨的王城广场，也像聆听了妙音佛母的琵琶之声，使在场满座的观众内在的灯火都得到点燃。

《梵音海潮音》的演出，更确定了我一向的信念，就是“禅心不异诗心”，艺术的心灵与走向菩提的心灵是同一个心灵，一个人如果借由艺术的提升而走向心灵的超越之路，也就更接近了佛教的道路。

这是中国许多伟大的诗人和艺术家都借由佛道的体验而提升创作境界的理由，是许多伟大的禅师都以诗歌教化世人的理由，是佛教经典本身都是很好的文学作品的理由，是敦煌艺术历千年不朽的理由，是所有梵呗都是动听的乐章的理由呀！

艺术的心灵是走向生命之美，佛法是使那美融入了真理与慈善，化为圣道，走向生命的大美！

在这样混乱的世代里，一般人无法契入禅佛之教，是因为心灵里缺乏美的质地。如果能唤醒那种美的质地，就易于体会佛道的真实、灵慧与优美，而这种唤醒与契入，艺术实在是很好的桥梁。

我走过“中正纪念堂”草木扶疏的曲折步道，还为刚刚在音乐厅里的《梵音海潮音》而感动，但是心里不免觉得可惜——假若能在全省巡回演唱，不知道有多好！

老兵之凋零

在台湾的老兵，大多数都还维持着中国的传统观念，为人忠谨、朴素、热诚、节俭。从他们的身上，正好反衬出这个时代的混乱、浮华、冷漠、败德。

外出度假，不到一个月的时间，发现大厦管理员换了三位，心里老是有个疑问：从前那三位亲切热情的长辈呢？每天进出大门的时候我总会想起来。

询问大楼管理处，才知道其中有一位过世了，一位生了病，一位回大陆老家定居了。听到这个消息，心情颇感沉重，因为这些管理员都是老兵退役的单身汉，平时住在大楼顶搭成的宿舍中，和住户像一家人一样。他们虽然年纪大了，做事却非常求好尽职，就如同他们还在军队里一样。每次我看见他们，也仿佛是从前服役时见到士官长，心里充满了真实的敬意。

他们当然不一定是士官长，其中有一位曾担任过宪兵少校，非常有威仪，行立坐卧都是笔挺的，即使是一般的访客也会对他肃然起敬。

但是，当我想到这些老兵，一个一个在时代中凋零，心里有很深的茫然之感，想到再过十几二十年后，老兵陆续老去，或者返乡定居，台湾的大厦、办公室、学校、工厂，可能再也找不到这么尽责的管理员，整个社会将为之改变，也不可能有如此廉价而任劳任怨的大门守卫了。

事实上，没有老兵守卫，大厦还是会有管理员。令人忧心忡忡的，是一种时代精神的消逝吧！回想在我们成长的年代，从少年、青年，到中年，有很多老兵在我们的生命经验中扮演过重要的角色。

在台湾的老兵，大多数都还维持着中国的传统观念，为人忠谨、朴素、热诚、节俭。从他们的身上，正好反衬出这个时代的混乱、浮华、冷漠、败德。他们的凋零，会不会是传统道德的全面凋零呢?

我在成长的过程里，曾遇见过几位极可敬的老兵，一位是我父亲的老友，叫老谢，他非常乐于助人，几乎有求必应，时常步行数十公里去帮助别人。他整天笑嘻嘻的，好像人生有多开心，活得至情尽兴。那是我读初中的事。

我读高中的时候，遇到一位卞先生，是学校的图书馆管理员，是军官退役的，黝黑矮胖，时常恨不得学生能在图书馆读书。只要有爱读书的学生，他都非常疼惜，为我们选书，还送书到宿舍给我们。他的口头禅是："要多读书，才能救中国！"我养成读书的习惯，就是受了他的影响。

当兵的时候，连上有两位士官长，都是热情风趣的东北人。尤其是一位瞿士官长，十分斯文，熟悉中国北方的掌故，每天黄昏的时候都会在营房门口开讲。吃过晚饭，成群的兵围住他说："士官长，再说点东西来听吧！"

他叼着一根烟，缓缓吐出烟，好像整个中国的传说都在他的胸膛里。

我每次听完他说的故事，心里都感动得不得了，想到有许多老兵都是这样优秀，如果不是生错了时代，他们一定会有更大的贡献呀！

生在这个时代的台湾人，在生命的记忆中，每个人应该都可以想起一些可敬、可爱、可亲的老兵吧！当然，或者也会遇见几位可憎、可悯、可厌的老兵，不过与前者相比实在是少数，如果有，也应会在时间的河流中得到宽谅。因为，在这个巨变的时代，老兵实在是社会的“边缘人”，他们蹉跎了青春，牺牲了幸福，却没有得到最好的对待。

我想起麦克阿瑟的名言：“老兵不死，只是慢慢地凋零。”老兵的凋零，使得时间里某些可贵的事物也随之凋零了。

是不是让我们更珍视、更敬重那些在社会各角落里仅存的老兵呢？那些最安全的出租车司机、最尽责的大楼管理员、最无怨的学校工友，以及每日清晨用静默来维持城市洁净的清道夫……台湾四十年来的繁荣，不应该忘记他们。

也有许多更有成就的老兵，我们也要向他们致敬，他们曾走过泥泞，在艰苦中奋斗，如果时代不辜负他们，他们都必会有更大的功业。

如今老兵逐渐凋零了，但愿我们的时代，我们某些优秀的传统，不要随之凋零！

我有着很深的惭愧之感。我们把海边搞成这个样子，交给下一代，可下一代的孩子有什么义务要接受这样的海边呢？正在想的时候，雨下得更大了。

中正湖迷思

许久未去美浓的中正湖了。沿路上，我想起了三十年前中正湖美丽的风景。

小时候，学校组织远足最常去的地方就是中正湖了。当时的中正湖，风景优美，一路上都是田园与花草。我们抵达中正湖后就坐在湖畔野餐，看到湖上有紫色、蓝色的莲花和布袋莲，感觉到一个人偶尔能到风景这么美的地方，真是人生的幸福呀！

长大以后在外地读书，每次回乡也会到中正湖畔，特别是有外地的朋友来访，我会带他们去中正湖。当时美浓的油纸伞刚刚受到民俗艺术界的重视，我们曾到湖畔的砖房里看民俗艺师林享麟制造油纸伞，然后在夕阳西下时回家。在黄昏中，美浓的美，真是浓得化不开，就好像一个人突然走入画里。

到中正湖的时候，才想到这次如果不来美浓就好了。沿路全是正在改变中的乡景，垃圾在中正湖的四周漂流，一百公尺之外就可以闻到臭味，一阵一阵的臭味自湖上飘来，使人根本不敢坐在湖畔。

原来在中正湖边的一些“活鱼三吃”的店已经全部关门了，想来是湖中鱼虾早就死灭了。

在湖的入口处开了一家庸俗的艺品店，卖的普通民艺品贵得像要吃人，油纸伞的制作当然不如从前了。

我在湖边想，素以肯做、朴实著名的美浓人，为什么不肯把中正湖弄干净呢？捞起垃圾、饲养鱼虾只是小小的工程，为什么没有人做呢？又想，污染与垃圾问题之严重，已经不只是城市的问题，连美丽的乡村都饱受摧残了。再想，污染的环境来自污染的人心，不禁浩叹！

美浓素以文化著称，冠于高雄县各乡镇，像钟理和纪念馆、田园艺廊、美浓窑都是闻名全台的，现在又在筹划客家文化中心。但是，拥有文化美名的美浓，有全台第一份小区报纸的美浓，产生许多博士与政治人物的美浓，竟使中正湖变成如今的样子，这实在是说不过去的。

美浓人何不先来清理中正湖呢？种点莲花、布袋莲、水芙蓉，使它恢复旧观，然后禁止垃圾的倾倒，才不枉文化小镇的美名。

枫港海滨

屏东的朋友告诉我，在屏东到恒春的中途，有一个叫枫港的地方，海岸非常美，有许多海中生物，像海星、海胆、虾、寄居蟹、热带鱼，简直俯拾皆是。

“海完全没有被污染，这在台湾是很少见的。”朋友说，并邀我前往。

我们到枫港海边去，据说那是人迹罕至的地方，光是去海边的路就不得了，一路全是垃圾，像行道树一样围在两旁。

朋友说："怎么会这样子？我几个月前来过，一点垃圾都没有呀！"

我开玩笑地说："说不定是从台北县新庄市运来这里倒的！"

新庄的垃圾运到各处去倒，已经成为夏天最大的笑话，朋友差一点笑倒在地上。

在看到垃圾那一刻，我就知道海底生物要遭殃了。果然，海边的生物已经大幅减少了，别说热带鱼，任何一带鱼都看不见了。

我们一个下午只看见一个海胆，还有一些躲在岩缝里的海星，三只虾，距离"俯拾皆是"实在差得太远了。我们看到更多的，是海中的铝罐、垃圾袋、发臭的衣服和床垫，更要命的应该是电池——分散在海岸的电池大概与螃蟹一样多。这些有毒的电池弃置在海岸上，当然会使海生物死灭了。

黄昏时，突然布满乌云，下起雨来，我们匆匆离开海边，在黑暗中往潮州疾驰。

屏东的朋友重复地说着一句话："我小时候，海边不是这样子的，甚至三个月前也还不是这样。"

这时，坐在车里的我那十岁的儿子突然说："我小时候所看到的海边，就是这个样子！"

我有着很深的惭愧之感。我们把海边搞成这个样子，交给下一代，可下一代的孩子有什么义务要接受这样的海边呢?

正在想的时候，雨下得更大了。

红砖道的风景

木棉花是男性的花，坚实厚重，充满了昂扬的姿势。但是，坚硬的外壳仍然掩不住岁月的生谢，问题是，谢了之后，殉情之后，如何在心的最内部重新复活呢？

木棉树的叶子

为何一到春天都殉情了

独独留下满树的花

向天空伸手微笑

木棉树下有一条路

长长的思念落在路上

落在岁月的星空

无始无终

为何一到春天

木棉树的叶偏偏都殉情了

只留下一树的花

高高俯视人世的风景

夏天一到

挣扎着太多风景的果实

在空中痛苦地爆裂

纷纷飘飞殉情在更远的路上

已经殉情的叶子

却在枯枝上一寸一寸复活

矛盾的木棉树

叶殉情了花开

花殉情了叶活

不要为死的忧伤

要为重活的高兴

每到春末的时候，我最爱在台北的红砖道上散步，因为这个时节，木棉树在开花了。它们仿佛抢报着一种什么讯息一样，随意走在仁爱路上、敦化南路上、罗斯福路上。每一株木棉树好像都是一只手掌，一直往上伸着。这每一只手掌都开着远看好像相同，近观又完全不同的风情，好像人的掌纹一样，每一条都相异。

难以形容自己为什么特别喜爱木棉树，也许是它和我过去三个阶段的生活有十分密切的关系。童年的时候，家不远处有一条旗尾溪，两岸夹道都是木棉树，我和弟弟喜欢坐在木棉树下向天空仰望。天是蓝的，花是橙红的，树枝是深褐色的，交织成一片有颜色、有风情的景象。有时我们走到对岸，望向这边的木棉树，挺挺的一排，好像站着等待检阅的士兵。这时我们特别能看出它的枝丫充满力量的美。

就这样我们看木棉树看了好几年。

有一天，我们在旗尾溪钓鱼。刚好是雨后天青，木棉树好像刚刚洗过澡，一尘不染，衬着刚刚形成的彩虹，那金橙色好像彩虹里的颜色。弟弟对我说："哥，我想要一株木棉花。"

为了给弟弟摘木棉花，我缘着多刺的木棉树干，爬到木棉树的顶端，终于摘到一枝开得累累的、最美的木棉花，没想到一不小心踩断一根枝杆。我抱着多刺的木棉树滑落到地上，全身被划出几十道伤口，手里还紧紧抓着木棉花。弟弟看到我全身的血迹，惊吓得大哭起来，我安慰弟弟："不要哭，不要哭，不是摘到木棉花了吗？"我被木棉树刺破的伤口，在家里养了一个多月才复原，而摘回家的木棉早就凋萎了。

如今，弟弟已经是大学四年级的学生了。我每次检视在身上留了十几年的疤痕，总是想起木棉事件，以及关于木棉的温暖的童年记忆。

服役的时候我在装甲部队，也曾因木棉花误过事。有一次我们在野外演习，要通过分进点在某地集合。我指挥战车行过一片翠绿的禾田，忽然在田中央看见一棵高大的木棉花开得茂盛。金橙色的花开在晶碧的稻田上，在黄昏的暮色里美得像梦中的景色。我站在战车顶上不禁看得痴了，我停了战车去摘了一枝木棉花，结局是我们误了集合的时间，被罚扫一星期厕所。在扫厕所期间，我还时常想起那棵美丽无方的木棉树。

几年后，我在情感上遭遇到很大的挫折，那时我便常一个人到罗斯福路散步，思索着既往来兹，在不可抑止的激情中欣赏木棉树的风景。我看到清道夫每日清晨来打扫散落满地的木棉花，却常遗漏掉落在街角落的那几朵。我想到在情感上，再好的清道夫，总也扫不去隐在最角落的几朵花吧!

那一段散步的时间，使我非常仔细地看着满树绿叶的木棉，在几天内落尽了叶子，结出了花苞，花开、花谢，等到所有的叶与花全掉光了，以为那全是枯枝的木棉树会死去了，没几天又全放出绿芽。它几乎暗示了情感的生灭，也启示了命运变折的途程，使我对未来的前路充满了希望。

木棉花是男性的花，坚实厚重，全身长满了刚硬的刺，充满了昂扬的姿势。但是，坚硬的外壳仍然掩不住岁月的生谢，问题是，谢了之后，殉情之后，如何在心的最内部重新复活呢?

我喜欢木棉花，不只因为它是男性的，也因为它是台北红砖道上最可看的风景。

酪农的一天

我坐在栏栅上看夕阳缓缓地沉落下去，收牛奶的车子沿路响着铃铛远去了。这是人间的一块乐土，如果我再年轻一点，或者是再老一点，这里倒是一个很适合的工作场所。

早起的奶牛

大地一片沉黑，天还没有亮，远处的公鸡一呼百应，“喔喔喔”地唤着太阳起床。太阳装着没有听见，还躺在群山里沉沉地睡着，而居住在台南县柳营乡八翁村酪农专业区的人们都被早啼的公鸡唤起了。

一家的灯亮起来，两家的灯亮起来，才一转眼的时间，全村的人都点灯起身，开始了一天忙碌的工作。屋里响着铁桶碰撞的声音，我赶忙翻身坐起，看看腕表，时针正指着清晨四点的位置。

这个时间，平常是我刚刚上床准备就寝的时候，而在酪农专业区的人们却是一天干活的开始。我住在酪农吴玉辉先生的家里，为了了解他们的生活，我勉强按捺住浓浓的睡意起身。虽是夏天，牛棚里的小灯泡却显得有些凉意，清晨的微风从种满牧草的田中吹过来，带着露水和牧草的香气。

吴玉辉夫妇从屋里抬出昨天已经预备好的由番茄渣、红萝卜、玉米渣、啤酒糟、甘薯和牧草等掺和而成的饲料，一瓢一瓢倒在饲料槽里，并抚摸着每一头牛的额头，唤着“阿西”、“土直”，叫它们起来吃早餐。

牛纷纷高兴地站起来，“哞哞”地叫着，开始享用丰盛的早餐。那些牛长得非常高大漂亮，它们的体型是一般水牛的一倍多，白色的毛上有许多不规则的黑色块，仿佛是抽象的版画。由于照顾细致，它们都非常干净，毛色黑白分明，而最让我注意的是它们的乳房硕大无比，几乎要垂到地面。

吴玉辉和我说起关于乳牛的知识，他说：“这些牛平均每天可以生产二十到三十公斤的奶水，一头牛每天产的奶可以供给五十个人左右。我养六十头牛，每月收入大约二十万元，扣掉饲料费，可以净赚十几万元。”

这些数目颇叫我吃惊，吴太太看到我的样子不禁微笑起来，她说："这只是平均数字，有的牛产量特别大。我们今年有一头牛，五个月生产了六千公斤的奶，连我们自己都难以相信。"

这是不可思议的，我说："它们产这么多的牛奶，奶水是怎么来的?"

"它们自己源源不断地生产出来的，半天的时间就把乳房涨满了，所以一天要挤两次奶，有时候停电无法挤奶，乳牛就会涨得'哞哞'大叫，几乎要把牛棚掀上天去。"

吴太太还告诉我，由于这些牛的乳房太大，有时会拖在地上，乳牛一不小心就会踩伤自己的乳房，甚至把乳腺都踩坏了，所以对那些乳房特别大的牛，应该特别小心地照顾，要是乳房踩伤了就无法产奶了。幸好乳牛有四个乳房，都是独立的，每个乳房产奶五公斤以上，不会互相影响，一个坏了，其余三个继续产奶，不致前功尽弃。

乳牛很驯顺，我们在棚里闲谈，它们在一边安静地吃着饲料。等它们吃完饲料，本来黝黯的天色慢慢地亮起来了。附近种其他作物的农民纷纷荷锄走到田里工作，太阳一寸一寸从山头上露出了脸。

每天喝真正新鲜的牛奶

天亮了。

乳牛吃饱了。

打发了两个孩子去上学，吴玉辉夫妇开始为乳牛洗澡。他们用一条相当粗大的水管引大量的水往乳牛身上冲刷，一方面是为了保持乳牛的清洁，另一方面是使乳牛感到舒适，以生产出更多的鲜奶。但是清洗的工作相当繁琐，因为乳牛的体积大，乳房部分又必须格外注意。虽然夫妇俩工作很娴熟，但还是清洗了一个多小时。

“这些乳牛是澳洲进口的。澳洲的天气干燥，不像台湾这样潮湿，而且澳洲的乳牛多是放牧饲养的，但我们为了充分利用土地，采取圈牧饲养，因此清洁的工作再辛苦还是要做。这些牛都很聪明，冲凉的时间一到，如果不给它们冲洗，就会吵闹不休。”吴太太说，“甚至连挤奶都不安分。”

吴先生给乳牛一头接一头地冲洗，这边吴太太已经开始准备挤奶的机器了。她用的是不锈钢制成的挤奶机，样子很像科幻电影中的飞碟，晶亮的大圆盘上面还有四条伸缩自如的吸管。吴太太把挤奶机挂在乳牛身上，开动马达，机器便“噗噗噗”地规律地吸动起来，我们可以清楚地看见鲜奶通过吸管进入机器的情形。

吴太太安装好机器，回忆起当年养乳牛时用手挤奶的情景，她说：“一头乳牛用手挤奶约需要半个小时，还常常挤不干净，或把乳房挤坏，因为根本不知道奶是不是挤完了。现在有机器真是方便，七分钟到十分钟就可以挤三头乳牛，机器多的话就更快了，因此过去无法大量饲养，而现在大量饲养已经不成问题了。”

有利就有弊，机器挤奶又快速又安全又简便，但是一旦停电就惨了，夫妇俩忙一天还无法把奶挤完，有时真是欲哭无泪。

挤出来的奶要从挤奶机倒进不锈钢桶里，用干布过滤，然后密封，等着销到各地去。吴太太倒了一杯最新鲜的牛奶请我喝。

我问：“难道不要消毒吗？”

她说：“消毒是牛奶公司的事，我们养牛的人哪里讲这一套？”

新鲜的牛奶像雪一样白，入喉时涌出一般甘香，我说：“家里养一头乳牛也不错，每天可以喝真正新鲜的牛奶。”

夫妇俩听了都大笑起来，说：“一家人是无论如何也喝不完的。”

挤好牛奶已经是早晨九点多了，十分钟以后，收牛奶的货车便停在了牛棚旁边。他们将牛奶一桶一桶搬到车上，运到市场里去。

他们又开始忙碌地搅拌饲料，以供下午喂饲奶牛，并且让牛到用竹条围成的院子里去活动，开始清理牛舍的工作。奶牛们在院子里快乐地散着步，而他们饲养的鸡和鹅则趁机跑到牛舍里来吃食，把饲料槽里的渣子吃得干干净净。

十点半的时候，一切工作都做完了，夫妇俩累得气喘吁吁，说他们还要回房去睡，养足精神，以应付下午的挤奶工作。

他们终于熬过来了

我因没有起床再入睡的习惯，便随意在八翁村的乡间小道上散步。农民们正在田中忙碌地种作，小狗在田路上追逐嬉戏，建筑工人正在盖新的楼房，到处呈现着一股生机勃勃的景象。在这个素朴而宁静的小村里，酪农户多年的努力已经有成果了。

我回想起昨天与吴玉辉夫妇聊天时，听他们诉说几年来饲养乳牛的艰辛。

吴玉辉本来是陆军官校的毕业生，官拜中校营长，为了增加收入，吴太太在一九七四年饲养了六头乳牛。一九七六年吴先生因打橄榄球摔伤退役，用十七万元的退休金买了十五头乳牛，由于缺乏饲养经验，亏损累累，后来在政府及专家的帮助下才逐渐好转。

“凡事起头难，我们慢慢学会了饲养乳牛，又向政府申请了四十万元酪农贷款，买了十七头乳牛，设备和厂房靠的也是政府的贷款补助。几年来，我们的乳牛头数一直增加，现在有六十五头。”

五年来，吴玉辉夫妇辛苦的工作终于得到了报偿。

他们刚刚养牛的时候，八翁村没有公路，无水无电，一切都要靠双手，他们的辛苦可想而知。当时所生产的鲜奶也没有固定的公司来收购，必须自销，至于农会的帮助和饲料分配、贷款等问题更是不用说了。和八翁村其他酪农户一样，他们终于熬过来了。如今每月十余万的收入不可谓不丰，大楼一栋一栋盖起来了，生活也舒适多了。

吴玉辉家的前院正在盖新的溪房，为的是让孩子们能有更大的空间来读书和生活。孩子们也颇能体会父母的心意，假日都帮着提牛奶、挖牛粪、喂饲料，一家人其乐融融。吴太太说：“我并没有一定要他们星期日工作，但是他们看到爸妈一天工作十几个小时，都为了让他们生活得更好，便自然养成了劳动的习惯。”

他们的一对儿女都长得健康而漂亮，并且活泼乖巧，相信不只是因为父母管教有方，也是因为他们长期与大自然、动物接触吧。

可以下乡养乳牛

吃过午饭，下午两点钟，忙碌的工作又开始了。和早上一样，喂养、清洗、挤奶、放牧、送奶、整理饲料，一直工作到晚上十点才能休息。吴太太感叹地说：“酪农的收入虽不错，但是工作的辛苦很少有人能够了解，像挤奶就非自己动手不可，一年三百六十五天没有一天休息，有时想出去旅行一下也不可得。”

吴玉辉夫妇正在重复早上的工作，我便到他们的牧草田里散散步，正巧柳营农会的技师许重惠先生来访，我就和许先生谈起关于乳牛饲养的种种。

他告诉我，全省平地酪牛专业区共有九个，计乳牛两千一百余头，其中以仑背乡规模最大、柳营乡最集中，现在柳营乡共有五十余户酪农，每户平均饲乳牛三十头。政府进行了合理的奶源分配，像仑背、柳营及高雄桥头是由味全奶品公司收购的，每公斤十五元，扣掉人工与饲料的成本，每头奶牛每天可净赚二百七十五元以上。

接着，许重惠又谈到养乳牛的很多好处。譬如，乳牛的产奶期长达十年，出生一年后，牛就可以不断地产奶了；每头牛还参加了省农会的保险，一旦十年的产奶期结束，还可以当肉牛出售，牛肉、牛骨、牛皮都可以充分利用；乳牛天生温驯，养久了和饲主有感情……

“只要有五分地种牧草就可以养乳牛，一本万利，柳营草源丰富，就是占了地利之便。”

许重惠说得兴起：“你也可以下乡来养乳牛。”

我笑笑说：“如果有机会的话。”

我们一聊就到了黄昏日落，吴玉辉的两个孩子放学回来了，在牛舍里帮忙。他们也时常跑到院子里玩耍，只有两个小孩，却使偌大的农舍漾满笑声。我坐在栏栅上看夕阳缓缓地沉落下去，收牛奶的车子沿路响着铃铛远去了。这是人间的一块乐土，如果我再年轻一点，或者是再老一点，这里倒是一个很适合的工作场所……

一直到我提着主人送的一瓶鲜奶向八翁村告别的时候，我心里还这样想着。

寻找优良品种

他们追寻禽畜的血统，就和追寻人的血统一般用心。我的看法是，血统不是唯一的方法，它固然有优点，能带来许多好处，但背后也一定会有缺点，何况品种改良以后呢？

到街上推销猪肉

去年年尾到今年年初，台湾的养猪户面临了相当大的危机。业余养猪的农民受的损失比较轻，但靠养猪维生的家庭几乎崩溃了。他们有的因为破产而发疯，有的把满场的猪赶到野外让它们自生自灭。

那一段时间，我时常到中南部去采访养猪的人。那里几乎怨声载道，他们惶惶然如丧家之犬，有的说着说着就落下泪来。那时节，我有一次路过屏东，看到一个养猪的人用一辆小货车载满猪肉，车前挂了一个招牌：新鲜猪肉，十斤一百元。两侧贴着红布条，一边写着“不惜血本大牺牲”，另一边写着“跳楼之前大特廉”，看得我心惊肉跳，但买肉的人依然门可罗雀。养猪户沦落到街上推销猪肉，他们心里的苦痛可以想象得到了。

有好几次，我在村落中采访，看见稻田里、马路上、菜园子里有许多白色的猪在嬉玩着，我便想起了养猪户愁苦的面容。

养猪的收益是有周期性的，猪的价格一起一伏，使养猪户们常怀忧戚，其中最大的问题当然是供需的失调。当猪太多的时候，猪价便往下直跌。可是为什么会有这么多的猪呢?

首先因为是猪种的改变，不同的品种不断地自国外引进来；其次则是因为生产数量不能控制，造成供过于求。按照去年的资料，本省的养猪头数高达四百二十四万七千八百一十六头，平均每四个人就拥有一头猪，但外销市场未能开拓，怕也是变成今天这样的原因之一吧。

这种种对养猪人家的关心，成了我到彰化种畜繁殖场去访问的动机。

更新猪种

从台中路经彰化，再往北斗去，我们很能感受到中部大平原一望无际的宽广与辽阔。夏日缺雨，一路上，暑气夹着禾香飘进车窗里来。抵达种畜繁殖场以后，禾香被四面八方涌来的牲畜的腥味所取代。

这个成立于一九七三年的机构，经过九年的努力已经可以看出一点儿规模了。这里的工作人员，大部分是大学及研究所的毕业生，都是畜牧系的专门人才。他们年轻、有干劲，并且充满了对乡土的爱，他们投入牲畜的育种工作，使得种畜繁殖场充满了朝气。

我先到养猪场去参观，每到一间猪舍，要先用消毒水洗净鞋底。怀孕及正在分娩的母猪是不能参观的，于是我去看用栏栅围起来的整齐的猪舍。有几个从民间雇来的工作人员正在里面喂养、打扫，每一个猪舍里都装了一个强光灯。管理员告诉我，那个灯一方面用来维持温度，另一方面利于在晚间给小猪哺乳。

养猪场里一共养了两百五十几头优良母猪，都是定期从外省或外国购入的。工作人员希望在长期的努力中能更新本省的猪种。管理员说："我们每年用人工授精的方法，培育杂种小母猪共一千六百头、肉猪两千头，一共是三千六百头，有计划地推广到台中、彰化、南投、云林、嘉义六个县市的农牧专业区以及一般农友中去。"

我想，猪种更新的工作固然可以提高养猪量及生产量，可是在我以前访问的农友中，常常有人抱怨这些猪由于气候差异而难以养育。而且，一般来说，本省土猪的价格比种猪高，在市场的销售状况也比较好。不知道繁殖场对这个问题有没有进行更深层的研究。

管理员也感叹，其实黑猪肉与白猪肉没有什么差异，问题大概出在养猪的专业知识方面，知识的推广就比较难了。他说："我们编了很多种推广的小册子，还派了技术人员在各地举办讲习会，可惜成效并不大。"

参观完母猪，我们到公猪的猪舍去。这里一共养了四十五头公猪，都是经检定后进口的优良公猪。

在公猪猪舍中唯一的器物是"假母台"，假母台上涂抹了发情母猪的尿液，等公猪骑上假母台后，技术人员就在旁边采取精液。管理员说："公猪养十个月就可以繁殖，每隔五六天采精一次，平均可采到二百到二百五十毫升的精液，每次可供五头母猪使用。"

依据种畜繁殖场的统计，过去他们进行“猪只人工授精服务”，每年可供应给一万两千多头母猪。这个统计数字使我感到吃惊，怪不得现在乡下“牵猪哥”的行业一败涂地，几乎没有活路。照这样改良，不出几年，也许本省出产的黑猪就要灭种了吧！

那些公猪每天就等着人工授精，在我看来实在是不合“猪道”的。科学在这里面就显示出它强大的影响力了。我们要“更新猪种”，是不是也想到更新以后的种种问题呢？

鹅也慢慢洋化了

彰化种畜繁殖场除了培育新的种猪以外，另一个重要工作就是培养肉鹅。这些来，鹅肉在各地很受欢迎，本省原来的土鹅已经供不应求了。因此，他们开始从国外进口优良的种鹅。

“本省的饲料有赖进口，鹅比鸡鸭更适合大量饲养，因为它的饲料是青草、农副产物及农产品加工的废料，所费不多，而且鹅毛可以大量外销，利益比鸡鸭还大。”管理的人说。

可惜的是，过去本省农家的成鹅只有两三公斤，与进口鹅差距很大。现在种畜繁殖场推广的鹅有三种：白罗曼鹅——意大利种，纯白，成鹅重六七公斤，发育快，肉质美，年产蛋六十枚；爱姆登鹅——德国种，纯白，生长迅速，成鹅重五六公斤，年产蛋四五十枚；中国鹅——本国种，有白及褐色两种，外形美观，成鹅重三到五公斤。

究竟如何改良及推广种鹅呢?

管理员说："自丹麦引进白罗曼种鹅六百只，自美国引进爱姆登鹅三百只，并用本地种鹅一百只，每年推广六千三百只雏鹅，并与本地鹅杂交，希望能找到新的品种。"

按这种推广方式，不出五年，本省的土种鹅也可能要灭种了。

问题是，进口的鹅在繁殖场内活得很好，可是到了农民手中会变成什么样呢?

管理员说："鹅是一夫一妻制的，通常母鹅不容易接受不同品种的公鹅交配，所以施行起来也不太容易。"

我不禁笑起来。还有更让我吃惊的事，据说，鹅可以活到一百岁，最少也可以活几十岁；鹅容易受惊，管理上要和善亲切才有办法把鹅养大；鹅的警觉性高，遇生人会大叫不停，可以用来看守门户；鹅习惯住在自己生长的地方，如果移到新居便会食欲不振，甚至死亡……

我想，鹅还是相当具有人性的。

血统不是唯一的方法

后来我又参观了几项设备，譬如利用绿藻来养猪、利用沼气发电等，种畜繁殖场都有很好的试验。

告辞种畜繁殖场，我有感于这一群人多年来为台湾的畜种所做的努力，他们追寻禽畜的血统，就和追寻人的血统一般用心。我的看法是，血统不是唯一的方法，它固然有优点，能带来许多好处，但背后也一定会有缺点，何况品种改良以后呢?

我比较关心的是农民的生活。是不是品种改良后，寻找到优良血统了，就可以使农民免于猪价下跌的恐惧呢？这个问题，恐怕种畜繁殖场的人也不能回答吧。

卷三　无河之舟

岁月的脚步走过

洗涤去许多我们的爱与回忆

而我在私心里总是觉得

有很多东西不应该随着岁月消失

浩瀚系河舟

浩瀚系河舟，在回程的路上我看到月亮斜斜地挂着，满天都是星星，我相信，云门舞集所带来点灯的工作，将有助于美浓人去寻找最亮、最好的一颗星。

云门舞集在美浓

四月的南台湾已是十足的夏天了，阳光火辣辣的，照得禾田、烟田一片油绿绿。云也淡了，风也轻了，从台北到南部，截然不同的天色与温度让人吃惊。地理与气温把台湾岛拦腰一斩，竟把文化也斩成了两个世界。云门舞集的舞者们正试图跨步，使两个世界通过管道连成一个世界。云门舞集的这种跨步的雄姿被文化界称为“文化下乡”。

阳光虽烈，云门舞者仍然在美浓国中的大礼堂里继续着他们惯常的练习。舞者们穿着紧身的舞衣，在临时搭成的舞台上跳跃回旋，舞出有力的曼妙的舞姿。许多慕名而来的民众围在礼堂四周看他们排练。

舞台上只有林怀民的呼喝声和舞者的呼吸声，汗水一滴滴落在舞台上。

突然，一群小学生进了礼堂，坐在舞台前临时铺成的榻榻米上。林怀民决定为这些小学生跳舞，顺便为晚上的演出彩排。当小学生们坐定时，我想起林怀民曾私下提过，他的舞不只要跳给知识分子看，也要跳给全体民众看，他认为，知识分子固然可以肯定云门的成绩和意义，但只有民间的掌声才能证明云门的价值——小学生排排坐，看云门的表演，是对云门舞集的一种考验。

云门舞者为美浓的学生跳了《奇冤报》、《待嫁娘》、《廖添丁（序幕）》、《长鞭》、《白蛇传》、《渡海》，每一场舞都赢得了孩子们热烈的回应与掌声，尤其是看到《奇冤报》里两个恶人遭到天道报应、廖添丁拿窃来的东西济贫扶弱、《白蛇传》里法海救许仙、《渡海》里祖先在黑水中苦斗等情节时，孩子们乐得手舞足蹈。终场时，所有的学生都禁不住站起来鼓掌，掌声久久不绝。

云门舞者给小学生跳舞与在国父纪念馆跳舞一样卖力。通过了小孩子的考验，舞者们显得很高兴。林怀民常说要为儿童编一出舞剧《桃花源记》，不过我想，就算现在的剧目也同样能够引起孩子们的共鸣。

云门的舞者们累了，横七竖八地躺在榻榻米上午休，养足体力，等待晚上的演出。

跨过月光山来

我走出美浓国中的大礼堂，一个人在美浓的乡间小道上散步，远远看见了笔挺地站立着的月光山。月光山棱角分明，线条利落，长久以来就是美浓人的精神标帜。美浓人有一句俚语："走上走下，不如月光山下。"由于这座月光山的阻断，美浓人特别有一种爱乡爱土的精神，这也使得美浓人历经二百四十年的时空变换，还能维持传统的文化景观。但是"不如月光山下"也象征了美浓人的固执，他们因袭成风，不太能接受外来的新文化。我们在狭小的窄巷里、古老的屋宅里、穿着传统服饰的老人身上，都能找到新文化难以侵入的痕迹。

面对美浓人这种特殊的性格，云门舞集能且敢于跨过月光山而来，这种胆识和勇气都是让人钦佩的。

对于云门舞集的“下乡”，台北知识界有两种不同的看法。

一个看法是，文化是自然发展的，台北有台北的文化，乡下有乡下的文化，这样才能显出文化的特异性格，各有各的长处，云门舞集不必强行推展到美浓去，否则，把美浓的文化性格搞乱了还有什么意思呢?

另一个看法是，云门舞集崛起于台北，它的泉源来自民间，它的成绩是中国人共同享有的，乡下人与台北市区的人一样，有权观赏，“文化下乡”可以缩短城乡文化的差距，使文化得以平衡发展。

前者说：“台北文化会像蝗虫一样，飞到乡下啃噬乡下文化。”

后者说：“乡下文化会像蝗虫一样吞食台北的文化。”

这两种说法都有道理，但是也不免言之太过。我认为，文化固然是自然发展的，这种自然发展必须经过长期的分歧与统合，才能找到一条平衡的道路。云门舞集下乡，不能说是强行推销，面对像美浓这么强大的“顽固力量”，也不可能强行推销，它只能说是一种刺激和参与，借着刺激和参与来静待乡人的评判与反应——也许它不是即时的，却是可以期待的。

因此，云门舞集下乡演出，不能光从云门来看，而要从美浓人的反应来观察。如果他们觉得好，愿意接受甚至改变自己原有的文化，那又何妨？如果他们觉得不好，那么对他们根本就不可能有什么影响。

对于美浓人的反应，云门舞集跨月光山而来，自然是带着乐观的心态的。没有演出前，我与乡人交谈，听到他们几天来的话题都离不开“云门”，我便知道，他们对这个演出的期待之高，以及他们以美浓能被云门舞集选为第一站而骄傲。

因此，我也是带着乐观的心态的。

小朋友你知不知道

下午为小学生演出的时候，云门已得到了回应。舞者们表演了几个舞蹈动作，然后告诉小朋友：“这才是舞蹈。”表演时，林怀民还向小朋友解释故事，引起了孩子们很大的兴趣。

跳到最后一出《薪传》时，他问：“小朋友，知不知道你们是哪里人？”

“美浓人。”

“知不知道祖先是什么时候来的？”

小朋友摇摇头。

“是昨天吗？”

“不是！”

“我告诉你们，是两百多年前坐木船来的，《渡海》说的就是他们历经艰险后平安到来的故事。”

小朋友看完了《渡海》，似乎得到了很大的启示，尤其是当他们看到“祖先们”在滔滔白浪中挣扎与呼喊时，舞台下出奇的安静，因为小朋友们都看呆了。

光是小朋友知道还不够，大人们也要知道。云门舞集晚上的表演出乎意料地爆满了人。一张票一百五十元，这对纯朴的美浓人来说不是个小数目。他们扶老携幼来到国中体育馆，使门口拥挤堵塞了半小时。他们有的穿着农装，有的还趿着拖鞋。

一位朋友感叹地说：“想一想，要是把背景移到纽约，来的就是穿燕尾服和晚礼服的绅士淑女们了，可见云门舞集的吸引力是令人不可思议的。”

云门舞集第一次到仅有五万人口的乡下演出，没想到会出现爆满的情况，当然还有从邻近的乡镇，像旗山、杉林、圆潭赶来的观众。

正如演出前负责筹划这次表演的《美浓周刊》的负责人黄森松说的：“正当我为了筹建农业图书馆的经费烦恼的时候，一个朋友打电话给我，说是不是能请云门舞集来美浓义演。我听了差一点昏倒，说：‘这是不可能的事，云门舞集怎么可能到美浓来呢？’后来我抱着姑且一试的心理告诉我的老师林怀民，没想到他一口答应了，使不可能的事成了可能。我内心充满了感激，请大家用热烈的掌声来表达美浓人的感激。”

高昂热烈的掌声便那样响彻了整个体育馆。

林怀民更肯定地说：“云门舞集是为中国人跳的，是跳给所有团结、勤劳、奋发的中国人看的！”

法师一定会出来的

我好不容易才挤进体育馆，馆内已经挤满了人，几乎找不到立足之地。我约略地估计了一下，大约有两千多人来观看这场演出。场内一片嘈杂，我发现有许多民众是抱着赶节庆庙会的心情来的，他们或坐或站，或抽烟，或大声地吆喝着熟识的乡人，孩子们则在人群的隙缝中追打着，笑闹着。

一声锣响，灯光暗了，云门舞集的第一场舞《奇冤报》开始了。场内稍稍安静了，楼下的观众往舞台前方涌去，万头攒动，每个人都拼命想挤到最前方，使原来挤得满满的场地，竟一下子空出一大片来。场内出现了两段，前半段的观众屏神静气地看表演，后半段的观众则焦灼地挤来挤去、踮起脚跟，然而人太多，他们只好边抽烟边聊天。

看不到的人老是扯着前面的人的衣袖问："在跳什么？"

"有一个人冤死了……有两个恶人把他害得好惨……一个好人同情他也没办法……呀！恶人被抓起来了。"

"哦，奇冤终于报了！"

灯光亮起，场内又闹成一团。我很庆幸小时候的训练使我能听懂一些客家话，但也为民众用看戏园子的眼光来看云门舞集而觉得可惜。他们只注意到剧情的发展，却忽视了云门舞者精湛的舞技。虽然林怀民一直强调“云门是中国的剧场”，但他们跳的到底是现代舞蹈，倘若观众只看到“剧”而看不到“舞”，它的意义就失去一半了。

当然这也怪不得观众，因为他们没有“现代剧场”的观念，也怪不得他们要毫不在意地抽烟聊天了。他们看廖添丁从日本警察手中偷来东西而大声喝彩，看到《白蛇传》则时有这样的对话：

“糟糕，那个男的被蛇迷倒了。”

“没关系，法师一定会出来的。”

“呀！法师出来了。”

“我不是对你说过一定会出来的吗?”

看到《渡海》时，算是到了整个表演的高潮，祖先“木船渡乌水”的记忆犹新，大家借此能追忆起二百四十年前祖先过海来台时的狂风巨浪以及不畏艰险的精神。

表演在大家火热的情绪中圆满结束。

基于美浓观众对云门的反应，我想到两个问题：

一、作为现代舞团的云门，它事实上具有把“舞”和“剧”结合的特质，使得它不但有艺术的高层次，也能引起乡下民众的共鸣。从好的方面说，它是保留了“中国剧场”的特色，从坏的方面看，舞蹈的纯粹性也可能因此被刨弱。这样下去，倘若云门演出中没有故事，或跳了观众不熟悉的舞，要发生共鸣可能就会成为问题，《待嫁娘》就是个很好的例子。

二、云门舞集如果要打入乡下，首先应该加强民众的艺术教育。在乡下，老人看云门和儿童没有两样，都是从故事出发的。假如这个问题不能解决，今后与云门舞集的不同类型的舞蹈表演将难以进到乡下，云门舞者不计得失的努力也会因此而减损了价值。

丰富农业图书馆

无论如何，云门舞集这一次下乡演出是相当成功的。它的成功不只是率先做出了“文化下乡”的行动，而且它为美浓的农业图书馆尽了力。这一次，云门舞集的成就不只是过去所说的“倾听祖先的脚步声”，而且是秉承了祖先垦荒拓土的精神。

一晚上的义演，云门舞集一共为美浓的农业图书馆筹到了二十二万元。这不算是一笔大数目，但是对于小镇的图书馆来说，已经是个大贡献了。我去参观过这个农业图书馆，地方很小，藏书仅有一千多册，说它是一个专业图书馆，但实力还是相当薄弱的。因此我希望，云门舞集的参与和承担不是一次连接云门与美浓的工作，而是一次带动，带动社会上对教育文化有心的人一起来参与和承担。

云门舞集的贡献不应只限于一时一地，台湾文化的再认同也不应只限于一时一地。美浓何其幸运，由于天时、地利与人和，它在这三年能有重大的发展和改变。

黄森松一手创办的《美浓周刊》成了全省“草根报纸”的楷模；全省第一个农业图书馆在美浓创建；云门舞集历年来首次在五万人口的小镇表演，地点选在美浓；已故作家钟理和先生的传记电影《原乡人》正在美浓拍摄……

所有的这些，都表现出美浓不但是个有优良传承的小镇，也是个具有发展潜力的小镇。

我希望，在这种文化冲击当中，美浓能在保持风格的基础上找到一条实际的出路；我也希望，美浓是个缩影，其他乡镇都可以从它的活动中汲取一些启示，作为日后文化艺术发展的参考。

找最亮的一颗星

看完了云门舞集的表演，我访问了一些人，他们的回答是："票价要一百五十元，比艺霞歌舞团还要贵。"

"节目比起艺霞怎么样呢?"

"比较看咔无啦!"

可见云门舞集要打进乡下不是一件容易的事。走在美浓的街上，我为了找寻美浓传统的竹门帘而徘徊于街头，问了很多家，才找到一张比较传统的竹门帘。杂货店老板告诉我："这样好的手工，快没有人做了，新式的房子不用竹门帘啦!"

我抱着竹门帘走出杂货店。云门舞集的海报与电影《碧血黄花》的海报贴在一起，这两张海报旁边是一幅巨大的广告招牌——艺霞歌舞团这个月底将到旗山和美浓公演。

我感觉到美浓文化正在无形地更变着。竹门帘的消失象征着旧传统的消退，电影、电视、歌舞的来临，则表明了文化受到新的冲击——通俗文化与艺术文化的元素将使美浓产生质的变化（这种变化不只在美浓，其他乡镇都有）。

我希望，在这些多样的冲击中，美浓能自然地发展，经过考验，选择一条道路；我更希望美浓的道路是：既能保存他们的竹门帘，又能欣赏具有现代精神的新艺术！

云门舞集就具有这样的功能——让美浓人感受到祖先的传统，也享受欣赏现代艺术的快乐！

浩瀚系河舟，在回程的路上我看到月亮斜斜地挂着，满天都是星星，我相信，云门舞集所带来点灯的工作，将有助于美浓人去寻找最亮、最好的一颗星。

缺憾还诸天地

在坚持之中，就算结局不是轰轰烈烈的成功，也是磊落光明的失败，总是会留下一脉青山与一汪碧水的；如果失去坚持，成与败都是邋遢而令人烦厌的。

带血的烙印

开万古得未曾有之奇，洪荒留此山川，作遗民世界。

极一生无可如何之遇，缺憾还诸天地，是创格完人。

十年前，我在台南求学，第一次看到这副对联，几乎惊呆了。然后，我在写着对联的那个古旧庭院中徘徊又徘徊，不忍离去。阳光从午后的窗花中斜射进来，我一直站到夕阳在树梢中隐没。

天色渐渐黑了，在朦胧中，我仿佛看见国姓爷郑成功的身影随着隆隆炮声，从很远的地方飘来，就立在他自己的雕像前沉思，直到完全入夜，他才长叹一声，长袖双抡，悠忽而去。在他的叹息声中，我真正知道“缺憾还诸天地”是一种什么样的滋味了。

愈是英雄，愈是豪杰，愈是雄图难展、壮志难伸，郑成功也不例外。到最后的那一刻，究竟有什么可以解决一个英雄心中的困厄呢？只有一声叹息吧！壮怀未酬并不表示勇力不足，世事总有人力所不能逮，这时，就把缺憾还诸天地吧，仍旧不失是个完人。

遥想三百年来的台湾风云，对郑成功，我总有一种说不出的感念，时间交叠，他的足迹却仿佛还是昨日的。几度梦里与他促膝谈雄图、醉中言大略，我跟他竟比跟任何一个历史人物都来得亲近。十年来，波涛浪卷的生活使许多事物都已在我的记忆中模糊了，唯独沈葆桢题在延平郡王祠的那一块匾，犹如带血的烙印，在我心灵的最深处浮沉。

我读台湾的历史，企图追踪郑成功的足迹，便是从那时开始的。

我每遭遇挫折，宁定自己步伐的方式也是长叹一声“缺憾还诸天地”。

台南的大街小巷，在三年的高中生活中，我不知穿梭过几百回了，那时最引我思考的问题就是台湾文化史的课题。我发现，每谈台湾文化，我都无法脱离一种浓厚的感性角度。我的先祖便是随郑成功渡海来台的，一想到祖先，我就会想到那三百年前带一群部将含泪咬牙渡海来台的汉子！

延平郡王祠沉静安默，于是成了我经常去的读书、清洁自己、意气湍飞的地方。我知道，就在我安坐的左右，有一颗明亮的心在不可知的远处闪闪生光。

留取汗青垂宇宙

孤臣秉孤忠，五马奔江，留取汗青垂宇宙

正人扶正义，七纸拓土，莫将成败论英雄

位于台南市开山路一二五号的延平郡王祠，一进门，一个双十型牌坊便朝眼睛冲撞过来，横的是“忠肝义胆”四个字，直的就是以上的一副对联。这副对联便是承传了“缺憾还诸天地”的精神。

当我们论断历史或者是一个小小事件时，“成败”往往是一个标尺，“成者为王，败者为寇”，似乎已成为历史的定理。

但是，这不是定理。

在历史的飞沙和烟尘中，只要我们保持心灵的清明，那么，我们可以看见，在将要流逝的成败的隙缝中，有人格的清气与志节的馨香。

项羽如是，刘备如是，郑成功也如是。

在生活中，我们不免有折翼的时候，翼折了固然是一种失败，但当我们回头舔那个伤口时，触目惊心的鲜血总是印证着：许多事失败了，但仍然留下它的意义。

且看一块青底黑字的匾，是清朝光绪元年武平县知县卢绍昌题的，浓黑的墨与有力的笔写下了四个大字：

前无古人

每个人不管在何处、何时，只要站在台湾的土地上，请往下看自己站立的地方，那里有郑成功的血汗，也请往远处看，在台湾三百年的历史的最前端，点了一盏明亮的灯。

“前无古人”牌匾下的圆门，述说了通往伟大的道路，我们如果要看郑成功的志节，可以看刘铭传的词：

赐国姓，家破君亡，水失孤忠，创基业在山穷水尽。复父书，辞严义正，千秋大节，享俎豆于舜日尧天。

延平郡王祠的两侧供奉着郑成功的两名部将——甘辉将军与张万礼将军，两人都是红脸大目，极为威猛，再往前是“东庑”、“西庑”，供祭着随郑成功来台开创基业的明朝将士灵位。

猪肝色的灵位用一种非常整齐的姿势排列着，在阴暗的厢庑中，使人倍觉一股沉肃的气氛，每一个牌位都写了一个小小的名字——这便是他们奋战一生留下来的唯一记录了。

为了数那些灵位，我在两边走了几次，不知道为什么，总是数不清楚数目，我不禁感到莫名的哀伤。古人说“一将功成万骨枯”，仍是不确切的。一个历史人物不管是成是败，只要在历史上留下名来，都是踩在一堆枯骨上站起来的，而那些枯骨常掩在漠漠的黄沙中，能留下一个小名的仍是幸运的。

昆舍之间开一域

我禁不住探头外望，两庑的中间是一个广大的庭院，左右各有一株百年老榕，根须盘错斜结，甚至分不清哪里是主干。我走到榕树下，挺起胸来，那天一个游客都没有。我算不算游客呢？站在没有人迹的庭院里，我这样想着。

在我视线的最中央，是气派宏武的延平郡王府，屋顶线条优美，就像贴在蓝天上。一种说不出的沉重的情愫在我心头滋生，然后我便用极缓的步子走进那一座忠灵笼罩的殿堂。

国姓爷的塑像不是想象中那样威武逼人，他慈祥庄重，目光垂视，好似有满腔的心事，他的面前垂着两条深红色的帷幕，左右是清朝同知袁闻柝题的一副对联：

昆舍之间开一域

崖山而后添孤忠

站在昆舍崖山的正中间，向右抬头看是“义沛苍溟”，向左抬头看是“化及南疆”。翻开一页一页的历史来审视，可以深知，无郑成功则无今日的台湾，无国姓爷则台湾不可能深埋中华文化的根种。我曾经到鹿耳门去追踪郑成功登陆的足迹，海水退远了，山河改变了，我找不到郑成功踩在鹿耳门的脚印，但我深知，他心灵的印记会在那里遗留，任海水与山河如何蜕变也不会有更异。

我在郑成功的庞大的塑像前低头默祷，回头赫然望见一块金黄色的大匾，四周雕刻着精致无比的金龙，原来是沈葆桢等人奏请清朝皇帝为他建祠的文章，全文是：

光绪元年正月初十日，内阁奉上谕，沈葆桢等请奏，将明室遗臣赐谥建祠一折，前明故藩郑成功，曾于康熙年间奉旨准在南安地方建祠，兹据奏称，该故藩仗节守义，忠烈昭然，遇有水旱，祈祷辄应，尤属有功台郡，着照所请，准于台湾府城建立专祠，并予追谥，以顺舆情，钦此。

臣文煜，臣李鹤年，臣王凯泰，臣沈葆桢恭录。

这块匾和另外两件沈葆桢亲书的建祠奏折，及礼部移文都还完整地悬在祠中。

匾及其他，令我感受到，真正的忠节是可以越朝不朽的，郑成功抗清，反而得到了清朝君臣对他的肃然起敬，倘使他归顺了呢?也许不但会被唾弃，连历史的名位都要失去了吧。

在历史与现实的领域中，我知道，“无限的坚持”是多么重要。在坚持之中，就算结局不是轰轰烈烈的成功，也是磊落光明的失败，总是会留下一脉青山与一汪碧水的；如果失去坚持，成与败都是迤逦而令人烦厌的。

民族大义的显著象征

说到延平郡王祠的建造，有一段沧桑的故事。

郑成功在明永历十六年（1662年）五月八日薨逝台南，嗣王郑经在承天府宁南坊建立郑氏家庙，祭祀郑成功及其远祖。

台湾同胞感念延平郡王的恩德，不顾清廷的疑忌，私建“开山王庙”以奉祀，凡是地方有水旱灾厄，必祷求保佑。到嘉庆年间，里人何灿氏捐银四千两以营建规模较大的庙宇，正殿塑郑成功雕像，左右祀甘辉、张万礼二将军，东、西庑祀殉难将士灵位，这是延平郡王祠最早的规模，到道光二十五年（1845 年）还经过一次大规模的整建。

清同治十三年（1874 年），福建船政大臣沈葆桢莅台筹防，因台湾府进士杨士芳等人禀请为郑成功追谥建祠，复得台湾道夏献纶、台湾府周懋琦之议，乃奏请清廷为郑成功追谥建祠。

到光绪元年（1875 年）三月，沈葆桢募捐到七千四百两银子，就在东安坊油行尾街（今天的开山路）将旧时的“开山王庙”拆除扩建，由福建名匠林恩培负责，土木石工匠都雇自福州，建筑材料如木材、砖瓦、石材也自福州采购。建祠工程到当年八月才落成，祠貌雄伟，呈现了郑成功的人格典范。

日据时代，日本人在民国三年（1914 年）和十九（1930 年）年一共修建两次，拓宽祠内土地二甲[①]多，并开辟关山路、兴建神社，使延平郡王祠更壮观了。

台湾光复前，延平郡王祠因战争的关系，在日军的铁蹄下变得破落不堪。一九四七年一月，台南市政府发起重修，募得新台币

① 甲：台湾地区农民用于计算田地面积的单位，1 甲约合 0.9699 公顷。

六十七万三千八百元，将旧有的规模重新整修，祠前的“忠肝义胆”的石坊就是那时建成的。一九六一年，台湾人士和海外侨胞成立“民族英雄郑成功史迹修建委员会”，筹划重修，始于一九六三年十二月十二日，于一九六四年六月十七日竣工，共耗资新台币三百三十万，这就是今天的延平郡王祠的全貌了。

明朝遗臣郑成功，在清朝底定中原后，用他的民族精神来感召台湾同胞，最后鞠躬尽瘁而死，但留下来的俎豆馨香，得以流传久远。

每年的四月二十九日，就在我常常站立的地方举行“延平郡王春季祭典”，八月二十七日又有秋季大典，典礼隆重肃穆，国姓爷有知，也可以九泉含笑了。郑成功在台湾同胞的心目中是民族大义的显著象征，在清朝统治的二百六十年的漫长岁月中，在日本据台的五十年的悲苦阵痛里，这民族大义，或起或伏，时隐时现，使台湾同胞不管处在什么样的境况里，都能不忘记中国血缘的远源。则成功虽败，也败得成功！

南山开寿域，东海酿流霞

延平郡王祠的隔邻是民族文物馆，里面保留了一首郑成功手书的五言绝句：

礼乐衣冠第，
文章孔孟家。
南山开寿域，
东海酿流霞。

这首绝句是郑成功在隆武帝时期写的，正好对他自己的后半生下了一个预言。处在那样的时代变局里，也许每个人都可以在无形中意识到自己的未来吧！“礼乐衣冠”与“孔孟文章”都仅是一个泛称，如何在这泛称的基础上开域酿霞，则是需要超人的毅力和胆识的。

每一次要告辞延平郡王祠，我总不忘去民族文物馆看另一块匾，那是台湾知县白鸾卿在同治八年（1869年）节录自宋太祖的“圣训”：

尔俸尔禄，
民膏民脂。

下民易虐，

上天难欺。

在这个与郑成功的时代有着同样变局的世代中，每一个引领民众向前走的人，都应该牢牢记住这简单的十六个字，否则，也许到终局，连缺憾都还不了天地！

无河之舟

生在此时此地的现代中国人，正如一叶小舟，因为有了历史的长河就有了依靠。在这道长河的贯串下，每一叶小舟乃得以在河上徜徉、休憩，有所遵循地航行下去。

去年冬末，我重游了台南的亿载金城。已经是黄昏了，游客散尽，小小的亿载金城仿佛一座孤独的堡垒，在向晚的安平中逐渐隐入黑暗之中。

我特别注意到金城四周围绕着的护城河。这条大约五公尺宽的护城河当年是用来防御侵略的，沧海桑田，如今成为游客泛舟赏景的小河。每当风和日朗，便有许多男男女女在上面泛舟嬉戏，有时候坐在沈葆祯铜像身旁都能听闻到从河上散扬开来的谈笑声。

那一次到亿载金城，冬天水旱，护城河的水都干枯了，五颜六色的小舟便突然失去依靠，搁浅在河栏的四周。小舟在这个时候完全没有往昔的浪漫情调，像是一节节朽烂的木头。

亿载金城下的无河之舟，引起我的很多联想。河在过去是用来阻隔敌人的，只要河桥一收，亿载金城便是隔断了出入与往来，成为孤城。清朝中国的穷途末路之际，护城河可以反映出一道历史的创伤，也具有实质的意义。今天的亿载金城变成了一个供人凭吊的古迹，城中有游客，河上有舟，河不再是河，舟也不再像以前一样撞击我们的心灵了。

亿载金城的护城河使我想起古迹对现代人的意义。从今天的角度，小小的护城河当然没有什么作用，但是如果我们有足够的耐心去追溯那段历史，就会发现即使是一个小城、一条小河，或者一砖一石，都能让我们观见一个时代，进而使我们沉思与冥想。透过对历史古迹的沉思冥想，有时，一条河即使干涸了，对我们还具有十分重要的意义。

生在此时此地的现代中国人，正如一叶小舟，每个个体都微不足道，因为有了历史的长河就有了依靠。在这道长河的贯串下，每一叶小舟乃得以在河上徜徉、休憩，有所遵循地航行下去。

倘若没有河呢?

倘若河中没有水呢?

小舟仍然是小舟，却已经断了根源，如同树木失去了泥土，难以成长壮大。

多年来，我一直希望我们能重视古迹文物的保存，希望除非万不得已，否则不要损坏了祖先留给我们的历史文化资产，却老是为找不到一个明显的意象而苦恼不堪。在亿载金城的那一天，我终于明白了，原来古文化资产对我们就好像河流对于小舟那么重要。

回到台北后不久，知道板桥林家花园的五落大厝被怪手[①]在一日之间摧毁，我痛心不已。我们现在有了科技，要把一个古迹夷为平地，有时候用不了一天，也许几个小时就能使几百年留存在人们心目中的寄托尸骨无存。

更让人痛心的是，怪手伸进林家花园的那一天，附近涌来的民众不可胜数，他们不是为古迹被铲除感到痛惜，也不是赶来看林家花园的最后一眼，而是赶来捡宝的。有的人捡到古书，有的人捡到砖块，有的人捡到雕花的门窗，有的人捡到琉璃的屋瓦，还有的人踩了三轮车去捡拾廊柱拿回去当柴烧。捡到宝的人都欢天喜地地离去，没有捡到宝的人则在那里怅然若失。

① 怪手：挖土机

林家花园的事情使我想起两年前台南县归仁古墓被挖掘出来的经过。我赶去的时候，归仁古墓已经被踩成平地了，甚至连墓中的棺材板都被偷走了。询问起来，附近的民众告诉我，那个棺材板是上等的福州杉，埋在地下那么多年，听说磨成粉可以当成中药治病……我不知道那块棺材板有没有被卖到中药店，不知道有没有人真的吃到肚子里，总之，那块棺材板是被偷走了。

破坏古文化资产的事每年至少会发生一次，可见过去的毁损并没有使我们警惕，而受到教训的悔恨也没有弥补将来的过失，为什么我们显得这么无知呢?

多盖一间新屋，多开一条新马路何足道哉?我们在历史的纵线和时代的横线中，只不过是沧海中的一粟，是“临万顷之茫然”的小舟。如果我们不多给自己、给子孙留下一些有形的文化，那么，在古迹全部被拆除的时候，就是我们都成为无河之舟的时候了。

上帝之眼

人生中的枝枝节节、反反复复，有时自其大者而观之，不过是一瞬而已。在那一瞬之间如何有效地把握捕捉，使它不致虚度，是先天资质与后天培养兼容并蓄才有的能力。

美国《国家地理》(National Geographic) 杂志高级主笔诺尔·格劳弗 (Noel Grove) 来台湾采访。我多次跟随他工作，几乎有一个月和他相处。

《国家地理》杂志是第一流的报道杂志，全世界的销售量超出一千万份，地位重要，影响深远。诺尔在地理杂志社工作了十年，写过许多大报道。我素来对报道文学有浓厚的兴趣，此次学到了许多从事报道工作应注意的新观念。

最重要的一个观念是，我一直认为所有的报道文学都应该以人为主，报道者和他的对象应该站在平等的基础上，可是却没有适当的词句来形容这种观念，询之诺尔，他说：“从事报道工作的人应该

具有上帝之眼 (God' s eyes)。”他一语道破了我心中的疑惑。

所谓的“上帝之眼”，并不表示报道者是个全能的人，也不表示他能洞悉所遇知的一切。

“上帝之眼”的第一个意义是，能如伸缩镜头 (Zoom Lands) 一样，从高处对景物做全盘的观照，也能逼近事物的核心，做细部的扫瞄，维持恰到好处的距离。

第二个意义是平等与博爱，对陌生的地方不事先存有私我偏见，能给予平等的对待，还能对那里的人事有一种关爱的情怀，非具有“上帝之眼”不能达致。这种能力不只是后天的训练，先天的本质也非常重要，所以说报道工作并非人人可为，一个缺乏热情与爱心的冷感的人根本上是不适合从事报道的。

第三个意义是，除了平等博爱的感情之外，还能有客观的理性，不囿于一家之言，不限于一时一刻的感触，所有的观察和想法都必须经过沉淀过滤，呈显出事物清晰的真相后才能动笔。

诺尔对“上帝之眼”的诠释几乎标明了报道工作者的理想锻炼，这个理想很难达到，但是只要下笔之时存此一念，就不致在写作时走偏了方向。

我觉得“上帝之眼”的说法也能运用到实际的人生中。人生中的枝枝节节、反反复复，有时自其大者而观之，不过是一瞬而已。在那一瞬之间如何有效地把握捕捉，使它不致虚度，就像作报道的人不会入宝山空手而回一样，是先天资质与后天培养兼容并蓄才有的能力。

有时不必把“上帝”两字看得太崇高，有时“上帝之眼”也是“凡人凡眼”的道理。年幼的时候，我听人谈及上帝造女人只取男人身上的一支肋骨，觉得这种说法荒谬而不可思议，长大之后读生物学竟贯通了其中的道理。肋骨虽然长在我们看不见的内部，它却能保护一个人的内脏和胸腔。一个人失去了肋骨，非但内脏没有保障，还会使健康失去均衡。

肋骨就力学上说，还能使人的手臂有力和有凭依，它甚至与脊椎骨相连，主持了人的中枢神经。肋骨虽小，其中却含有至理，不可掉以轻心。

这样想时，上帝拿男人的一支肋骨造出女人实在蕴藏了十分高妙的道理。它的道理非常平凡，并且完全可以理解。

我想起一阕词的几句：

烟水茫茫，

千里斜阳暮。

山无数，

乱红如雨，

不记来时路。

人生中原来真是如此，往远方看去是“烟水茫茫，千里斜阳暮”；在近处观则是“山无数，乱红如雨”；回首往事，常常是模糊而不可记了。

如何在这纷繁不堪的人世中保有“上帝之眼”，观察、创造、捕捉到可记的种种，确实是一件重要的事。

隐藏的伤口

不管是在哀伤的日子，或喜庆的日子诞生，我们都要互相疼惜，珍爱自己的土地和家园，以及有缘的同胞！

我的生日是二月二十六日，距离“二二八”只有两天，虽然不是同一年，也足以勾起父亲的某种隐藏的伤口。

在每一年生日的时候，父亲就会忆起：“隔两日就是‘二二八’了。”

当时还不解事，我们都不知道什么是“二二八”。是某一个忌日吗？不然爸爸为什么每次提到都有一些伤怀的表情？读小学五年级时的生日，夜里吃猪脚面线，便问：“爸爸，什么是‘二二八’？”

他并没有回答，只是用平常的口头禅说：“囝仔郎，有耳无嘴。”然后把我们支开了去。

童年时代的我，因此只知道“我的生日与‘二二八’只差两天”，却不知什么是“二二八”，也不知道为什么大人们对这二月的最后一天那么恐惧。窃听大人的悄悄话，只知道和“猪崽”、“芋仔”有关。

“猪崽”或“芋仔”是我们乡下人对外省人的简称，虽然我们从前讲起来没有什么仇视的意思，却意涵着“和我们不同的人”。所以，在我们乡下，煮甜汤的时候，芋仔和番薯是从来不放在一起煮的，当然，番薯也不煮猪肉。

“番薯”，是指台湾人，这一点是可以确定的，那是因为美丽的岛的形状。至于“芋仔”，为什么用来称呼外省人呢？有一次问到母亲，她说：“因为拿起来会手痒。”怪不得削芋仔时要戴手套了。

“猪崽”，更难听，恐怕是沿自对日本人的称呼，我们称日本人叫“四脚崽”。

其实，我年幼时认识的外省人很少，只知道大官都是外省人。还有，小镇里的警察、驻军，以及街口卖烧饼油条的人和每天下午三点钟准时来卖馒头的人。还有，学校里一些教国语和美术的老师。

我识得的外省人都很好，我最要好的同学是派出所所长的儿子，也是外省人，因此每次听大人叫我的同学“猪崽子”时，心里都大为不悦。驻在我家后院的连队，时常送西瓜和馒头给我们，爸爸总说是“老芋仔送来的馒头”。嘿，老芋仔馒头，味道真不错。

当时的我，哪里知道这种隐藏的隔阂是来自“二二八”呢?

直到读高中时，无意间在图书馆看到一丁点儿“二二八”的记载，才知道“二二八”是外省人屠杀本省同胞的事件，有些村落甚至被杀得精光。我虽然没有仇恨之感，但是对老辈讲“猪崽”、“芋仔”的心情倒是理解了。

那以后我比较能和父亲沟通了，知道“二二八”时期，我的家族虽没有被牵涉，但父亲的一些朋友却从此没有回来。那时株连甚广，我的父亲、伯父很长时间都躲在深山里，不敢出来，其实后来出来也没有怎样，他们只是风闻而感到无限的恐惧。

听说，那时听到“外省兵”，就像以前的俄罗斯人听到成吉思汗一样。我的几个堂哥曾在听见“外省兵崽来了”的时候立刻跃入米缸躲藏，半天都不敢出来，后来还常被大人引为笑谈。

据父亲回忆，我们家族虽然庞大，但因为是笃实的农民，并未受“二二八”影响，他说：“若是书读得高的人，就很惨，都被抓去刣。”

不过，即使是卑微的农民，内心的恐惧也不亚于知识分子，而且，这种恐惧因为时间而深藏了，到晚年的时候，他还谆谆告诫我们：“千万不要涉足政治。”尤其是对写文章的我，他说：“千万不要写政治的事，因为主政的人会翻脸不认人呀！”

有一次，读余光中的诗，有诗句说：“患了梅毒，仍是母亲。”直觉得像“二二八”这样的事，真是比母亲的梅毒还惨。

“二二八”当然是随风而逝了，父亲的那一代也老成凋零了，我的大姊嫁的就是外省人，结婚时父亲虽然不悦，但说：“这个外省囝仔看来也是忠厚老实。”后来他很疼外省女婿。

所有的伤痕都是可以平复和弥补的，“二二八”也不例外吧？只是当局应该有更深切的歉意，民间则要有更广大的宽容。隐藏的伤痕，说不定能给我们一些启示，启示我们要有互爱的心。

自从知道“二二八”以后，我就不再过生日了，我把自己的生日都用来沉思与默哀。

不管是在哀伤的日子，或喜庆的日子诞生，我们都要互相疼惜，珍爱自己的土地和家园，以及有缘的同胞！

寂寞的影子

我深深地知觉到民间艺人和民间艺术的重要，希望尽一分微薄的残力，做一点整理和重建的工作。可是个人的力量有限，我好像永远也追不上地方艺术的衰微与老去。

最近看《民俗曲艺》月刊第二期，里面有两则消息叫我吃了一惊，就是国内两位著名的民间艺人——布袋戏演师钟任祥与皮影戏演师蔡龙溪先后于去年十月二日及十一月十七日逝世。民间艺人的老去逝世原没有什么特别，特别的是这两位都与我有一面之缘。他们在地方戏剧的精彩演出，一向是我喜爱与敬佩的。

前年过年的时候，我作了一个全省性的皮影戏调查，在高雄县弥陀乡访问了蔡龙溪先生。他虽然已经九十岁了，精神还很健旺。他耳朵重听，我们的访问一直是在我附在他耳朵上大吼中进行的，一个下午的探访使我深深被他坚持了七十年的皮影生涯感动。

蔡龙溪十四岁时随当地皮影艺人吴天来学艺，先学习皮影戏的伴奏乐器，再学影人的操演，廿五岁起正式主演，后来自组“金莲兴皮影戏班”，直到四年前在弥陀乡大圣庙演出最后一场才散班。

钟任祥则是云林西螺人，是中南部著名的布袋戏演师。前年我路过西螺时，也曾专程去拜望钟先生，他从小随父亲钟秀智学戏，擅演开伞、吐火、掉泪、跳窗等特技，在布袋戏改良方面有很大的贡献。

1954 年，钟任祥出马竞选云林县议员，不但一举成功，还连任四届，为地方做了不少建设工作。钟任祥当选议员后，很少再演布袋戏，但他是本省唯一一个由布袋戏演师直接当选县议员的人，意义十分重大，一方面证明布袋戏在民间有深厚的观众基础，一方面说明地方戏剧界也有许多聪明才智之士。

记得我访问蔡龙溪回台北后，一连写了《一张发了霉的影窗》、《箫鼓声中老客星》、《拾起寂寞的影子》等几篇文章，呼吁大家记录蔡龙溪的皮影生涯，使他七十年的艺业不致湮没无闻，可惜的是并没有引起社会的重视。如今蔡龙溪死了，在最后的寂寞中逝去，他的生命和他的技艺都随风飘去，只在我心中留下一个鲜明的形象。

我时常觉得，民间艺人是我们的“国宝”，这些国宝和古迹、古董一样，稍一疏忽很快就会深埋在不可见的角落，再也引不起人们的关心。

多年来，我深深地知觉到民间艺人和民间艺术的重要，希望尽一分微薄的残力，做一点整理和重建的工作。可是个人的力量有限，我好像永远也追不上地方艺术的衰微与老去。因此，蔡龙溪和钟任祥的死使我格外心酸，想到他们生前死后的种种，竟至一夜不能合眼。

钟任祥把他的技艺传给了两个儿子钟任壁、钟任钦，兄弟俩分掌“新兴阁”第二、第三团。钟任壁于一九七零年辍演，改行做照相器材生意，只剩下钟任钦在苦苦撑持。

蔡龙溪有三子，长子早逝，二子做生意，幼子曾随他习皮影戏，后来改行做鱼生意而辍演。蔡龙溪收过不少徒弟，死的死，改行的改行，现在只有一个徒弟偶尔演出。

从这里，我们可以看出地方戏剧道路的崎岖，已经到了关键时刻，这个关键只有两个选择，一是眼睁睁看地方戏天天褪落下去，在不久的将来消失于无形，一是想出一套办法来复兴、重建。我希望我们选择的是后者，而不是前者。

三十岁以上的台湾人，我相信在年少时代都或多或少受到地方戏剧的影响。年岁稍大，我重新检视自己走过的足迹，证验地方戏的意义与价值，愈是发现它的丰富多彩。在不可计数的民间艺人的努力下，地方戏曾有过它辉煌的时光。在那一段辉煌里，我们曾享受过许多乐趣，如今它黯淡了，我们是否能给予一点回报，使其重振往日的荣光呢?

岁月的脚步走过，洗涤去许多我们的爱与回忆，而我在私心里总是觉得，有很多东西不应该随着岁月消失的，譬如地方戏，譬如我对蔡龙溪和钟任祥的敬意。

我觉得，最无情的事莫过于不应该消逝的却终于失去了，只留下一个不忍回顾的寂寞的影子。

投篮的姿势

一个人要充满活泼的生机，要有充沛的热血和真性，是千万不可以无情的，一沦落到无情的地步，那也就没有什么可说了。

你上次返台，行色匆匆，未能与你做竟夕之谈，颇觉得遗憾，但愿你下次返台能有长一点的时间相聚——当然最好是你回国来定居。你时常抱怨飞机上的生活，我倒是相当羡慕你能到处飞来飞去。最近我在申请香港的签证，屡办不出，感到一种莫名的不快。台湾、大陆、香港，中国人分歧的道路，每次想到都刺激得我坐立不安。我想到父亲、祖父那一个时代中国人所拥有的开阔的胸襟，常慨叹一代不如一代。我们下一代不知道又是什么样的面目呢！

年少气盛的时候，我曾很向往到欧洲留学（我想去学美术），现在想法仍有，心倒是比较定，乃是因为年岁渐长，时常想到中国的前途一类的大题目，想要跨出去的脚步也不免就带有一点反省的特质了。

你来信提到："美国现代写作态度是尽量不动情，冷眼旁观社会冷暖。激情主义或多愁善感是老掉牙的方式，只有在乡村歌曲和大乡巴佬生活圈中才时兴。这或许是文学上的进步，同时也可能使一般知识分子不敢正面去鼓励爱家、爱国、正义、勇敢等好久以来'美国'所代表的道德价值和精神。这'冷感'或缺乏激情，我觉得是美国在世界上逐渐失去自内领导地位和道德感召的原因。"

你抱怨完了美国的现代文学界，接着说："中国人的世纪应该快要到了。我们中国人还敢做梦，敢对理想执着，敢付出为了追求理想必须付出的代价，敢在激情中落泪。只有这样的民族才能长存，才能做领导者，如果不是物质世界的霸王，则必是精神世界的领导者。"

真没想到你过了三十，还保有年少时代的赤子之心。近年来，"无情的记者生涯"使我益发觉得保有赤子之心的除了乡下人，就是我们这些自命不凡的追求艺术的人了。你提到"中国人的世纪应该快要到了"，这么简单的一句话几乎使我落泪。

你希望我在艺术的关怀之余，应把一部分关心放在政治和社会的发展上。我想，对于周遭发生的每一件事，我都付与极大的关心，只是有时候不愿意开口谈论罢了。你说："中国处在这样的转折点，艺术实是小道，艺术能为中国政治的民主化、社会的自由化、经济的平等化提供什么样的帮助吗?"我知道你这是悲痛的反话，但是也愿就我多年未肯放弃艺术关注的问题和你谈谈。

多年来，"政治的无情"、"社会的无情"、"经济的无情"，种种无情，使我特别体会到，"艺术的有情"。我认为，一个人要充满活泼的生机，要有充沛的热血和真性，是千万不可以无情的，一沦落到无情的地步，那也就没有什么可说了。正因为"艺术使人有情，甚至使人深情"的信念，我深切地体验到，一个人能接触艺术、体会艺术，那么他就比无情的名利追逐者来得有希望，来得更像真正的知识分子。

艺术的有情可以提高并改良国民的质量似乎是老调重提了。但是处今之世，国民质量的日益低落，日益无情，正是我们不可漠视的事。倘若国民质量不能提高，政治民主、社会平等、经济自由等，国民也就不懂得如何去享受，反而利少弊多，所以对我而言，"艺术的有情"是比什么都重要的。我投身艺术推展的工作，从来不提政治、社会、经济的流变，并不表示漠不关心，兄知我，当不致深责。就像此刻，台北热得像火炉一样，我一想到种种问题就全身冒汗如下油锅，只好听听音乐、作作画、写写文章，使自己轻松一点，其他的大问题只好等天气凉爽的时候再说了。

前不久，举行了“琼斯杯”男女篮球大赛。我每次看篮球赛，最感动我的是球员跳起来投篮的姿势，不论进与不进，只要跳起来投篮，姿势就美得不得了。我觉得中国人最缺的就是跳起来投篮的勇气，老是运球、传球、踢球，什么时候才能得分呢？

“艺术的有情”对我正是“投篮的姿势”，是正与负的考验，总比运球、传球来得有意思（也不是说运球、传球就不重要）。这也是为什么我打篮球总喜欢打前锋，我宁可打前锋，宁可吃火锅，宁可受人唾骂，就是要投篮，只要姿势美，进不进是另外一回事了。

侏儒化的世界

在人类追求文化艺术的过程中，应该像笼子里的鸟想向外飞一样，一心一意、一心三思地想与自然贴合，也像鱼缸里的鱼拼命想回到它原来生活的水中一样，与天地同心。

接到你大骂美国电视商业化、庸俗化、珠光宝气化的来信，我害了几天的肠气病瞬时通畅了，有些话不得不说。

今日的资本主义社会，电视是大众媒介之一，自不免成为商业的附庸。没有商业、没有广告，电视是无法生存的。正巧的是所谓“商业文化”便是庸俗化、肤浅化和珠光宝气化的代名词，想必非美国独有之，乃是天下皆然。

但是更让我感到忧心的倒不是这些，而是电视会使人“侏儒化”。记得上次我和你提起《魂断梦醒》的导演John Schlesinger就对电视和电影下过很好的断语——有一次记者问他为什么要拍“大片”，他回答：“在电视把这个世界‘侏儒化’的今天，我们需要有气势的电影来开阔我们的心胸。”这段话说得好极了，真是一针见血。

我想起一位朋友的两个小孩，都是七八岁丁点儿的“电视儿童”。七岁的小妹妹，每次爸爸妈妈唤她，她扯开嗓门就叫：“喳！奴婢在！”有一回叫她去拿扫把，她竟然弯腰欠身为礼，说：“奴婢遵命。”找半天找不到扫把，她回来跪在父亲面前说：“奴婢找不到扫把，奴婢该死，奴婢该死。”还一边猛掴自己嘴巴，朋友气得牙痒痒的，生气地说：“起来，起来！”

那小妮子不但长跪不起，还边叩头边说：“谢大王恕罪！”

小妮子读小学一年级的哥哥也是电视迷，有一回父亲带他到郊外散步，他突然指着月亮说：“爸，那是什么？”“那是月亮。”“月亮都是圆的，哪里有像蛔虫那样一条的？”“月亮有时圆，有时扁，有时只有一条……”

朋友正接着要说月有阴晴圆缺的道理时，这小鬼忽然斥责他爸爸：“胡说，电视上的月亮是圆的，什么圆的、扁的，你放屁！”气得他老爸差一点把儿子丢到河里。

像这样的例子在我们社会上已经屡见不鲜，而这些影响都是从电视来的。我们每天看着那个小框框，使实际人生和现实自然世界都脱水了，哪里还能够胸怀博大？就像我们如果一辈子都读小人书，是无论如何也成不了知识分子的。

记得十几年前我第一次看到电视——那是我们小学毕业旅行到台北，在旅馆看的。许多同学都围着电视张口结舌说不出话来，可是我们围看还不到一个小时就纷纷散去了，大家的结论是："没什么意思，假假的。"十几年了，看过不少电视节目，我的结论还和我读小学时一样。

电视刚出来的那一阵子，有许多人担心它会影响到电台广播，也有人担忧会影响到电影的生意。几年下来，非但没有什么影响，反而促使电影和广播更蓬勃地发展，更往艺术的道路上走了，原因是广播只听声音不见影像，可以使我们的想象辽阔，电影的银幕视界与无广告干扰，使我们的心胸宽广——这都是电视到现在还做不到的。

这几年，闭路电视兴起来，录像带盛行，任何名片都可以在电视里欣赏。许多关心电影的人不免忧心忡忡，我在看过几次闭路电视后心情仍是乐观的，它不可能取代电影，也不可能威胁电影，因为再好的电影拿到电视里一放，除了故事情节，其他什么都不能看了。

电视所制造出来的现代社会问题不胜枚举，最严重的是使人的心灵“侏儒化”。但是我们也不能因为这样就不要电视，只是希望在电视以外，还能关心到人生的真实，还能在电视的小框框外看到更大的世界。

在人类追求文化艺术的过程中，应该像笼子里的鸟想向外飞一样，一心一意、一心三思地想与自然贴合，也像鱼缸里的鱼拼命想回到它原来生活的水中一样，与天地同心。可是近代文明反其道而行，不但把鱼、鸟，甚至连人和世界都放到电视的“笼子”里了。

如何在笼子里还保有向外飞的心，如何在笼子里还能保有一片清明辽阔，恐怕是我们面对世界侏儒化唯一的出路吧！

拒打破伤风

在工作到无法忍受的低潮时，觉得都市生活龌龊时，我便逃到海边或深山里，做一次自我洗涤，把一切抛远，胸中只有一片澄蓝的大海或一脉翠绿的高山。

秋日午后，与朋友到浅水湾的别墅度假。

虽然离台北不远，但穿过淡水，一路上已是草香弥漫，麻雀遍野，有一点乡村的景致了。我们在竹林中愈穿愈深，到乱石堆垒的海边时，已经没有人迹。

朋友的欧式别墅在山上，墙壁白得像雪，屋顶却是鹅黄色的，面对大海的方向有一面高大的落地窗，从屋顶直落到地面。当我们把深绿色的窗帘拉开时，金亮的阳光夹着深邃的海的蓝色，从窗外冲了进来，然后是海的腥气带着洁净空气的清香飘来。

我一直相信“高山使人壮硕，大海使人辽阔”，那样强烈的震撼，恐怕是任何文学艺术都难以达到的。因此，在工作到无法忍受的低潮时，觉得都市生活龌龊时，我便逃到海边或深山里，做一次自我洗涤，把一切抛远，胸中只有一片澄蓝的大海或一脉翠绿的高山。吸饱了山香云气，充塞了海蓝浪白，当再次落入尘世的嚣闹时，我就更有向前走的力量了。

朋友说这种对都市的厌恶，是现代文明的普遍病状。大家都对都市又爱又恨，于是就产生无以遁逃的矛盾。然后我们谈到文学，我们对于现阶段台湾文学所走的乡土路线十分关心，可是为什么无法发展出以都市为主的文学呢？为什么描写都市人都离不开餐厅、客厅、咖啡厅呢？都市人的心灵天地不应是如此狭小的。

朋友认为，都市的小说（甚至艺术）不能成气候，主要是中国都市里缺少一种人文主义精神，也就是健全的、自由的、思想的人生精神。由于都市中人为因素过多，人们无法落实到人生机体的活动，进而研讨人生意义、价值和修养等问题，因此中国都市里没有人文，也就不能产生文学。

对于这个论点，我有一些同感，但不完全同意。我认为，一个都市的成行必有其人文基础，这个人文基础虽然不能像西方文艺复兴运动后的城市那样稳固，却断不可能只是机械的、公式的构成。都市文学的难以长成，不该怪罪都市或都市人，这是文学家的焦点问题。我希望将来有些文学家把注意力投注到都市里去。

后来，我们竟为了中国的人文精神和都市文学的产生吵得不可开交。朋友曾在英国伦敦大学留学，他认为西方的任何事物都优于中国，都市更不用说了。我比较本土，自然不肯承认中国任何事物都不如人。

这种双方都互设了结论的研讨当然没有结果，最后是两人面红耳赤，放弃讨论，提议到海边游泳。

其实，浅水湾的海边是乱石沿岸，根本不宜于游泳的。我们在宁静的海中戏水，我想，人文精神在大自然里都显得无力了。后来我在海边的石头上摔了一跤，伤痕累累，我用纱布随便包扎了，朋友则坚持应该到医院治疗。

我们在黄昏的暮色里驱车到淡水一家医院，先挂号，后门诊。医生先帮我消毒了伤口，以纯熟的技术帮我包扎伤口，等一切就绪，他说："要不要打破伤风？"

"打破伤风要多少钱？"我问。

"五百元。"

“不打了，太贵。”我回答。

医生本来和善的脸上立刻生出愤怒的颜色，朋友也附和医生说：“在英国，一点小伤都要打破伤风。”

我说：“这是在中国，不是英国。”

最后连医生都火了，他从抽屉中取出一张《保证书》，上面印了几行字：

本人外伤，拒打破伤风，尔后有任何问题，与医院及医生无涉。

立据人

他硬要我在上面签字，说：“如果你不打破伤风，就在这上面签字。”

我也火了，提起笔来就写下自己的名字。

走出医院，我想起幼年时代的一段往事。一次，我和弟弟到溪边钓鱼，为了摘一朵盛放的木棉花给弟弟，被木棉刺得满身是伤。姊姊很紧张，马上带我去医院看医生，打了一针破伤风，回家后被爸爸骂了一顿，他说：“这一点点小伤也到医院干什么？破伤风也会爬到木棉树上去吗?”

小时候的记忆到现在还鲜明无比。我想，中国人即使面对现代社会，有许多观念还是不会轻易改变的，尤其是我爸爸那一代的中国人，多少枪林弹雨都活存过来了，何惧于小小的破伤风?

我们漫步在淡水河口，我问朋友：“破伤风也是人文精神的一部分吗?”朋友哑口无言。我们便坐在淡水河口的岸上，看月亮的光辉在河上飘来荡去。

我想起德国哲学家倭铿[①]说的一段话：“精神生活超越自然而有生命，且悠久无疆，流动不息。个己的人格，全部包涵在此精神之间，而存在为人格世界。人间的努力，即以实现此人格为最高目的。”我觉得，人生的艺术固然要落实在现实生活，但现实生活之上一定还有我们可以悠游的天地。中国人在人文主义中虽须注意现代的破伤风菌，有时也应该有拒打破伤风的勇气和自信。

① 倭铿：1846 年～ 1926 年，德国哲学家，一译“奥伊肯”。

不要叫我们微笑

我多么希望我们能有一种照相馆，走进去时不是强光灯，而是动人的音乐；不是正襟危坐，而是舒适的摇椅。照相师傅可以在自然中捕捉到人们的神采，而不只是一个僵化的笑容。

我很怕到照相馆照相，并不是我长得丑，而是我怕去对着照相师微笑，因此证件上的相片总是几年前的，也总是绷着脸的。

照相馆的经验是我生命中很尴尬的经验之一。

我们想到要照相了，走进照相馆去。照相师傅把我们引到一个“密房子”中，叫我们坐在椅子上，扭亮几盏强光灯，射得我们脸上发烫、心中着火（有一点像纳粹党审问犯人的样子）。等我们坐好了，他跑过来摸摸下巴、摆摆头，把我们的衣服拉直，然后躲在黑绒布中伸出一只手来说：

“笑一笑！”

“笑一笑！”

我们如果没有动静，他会探出头说来：

“笑一笑比较可爱！”

我们怎么笑得出来？我们怎么可爱得起来？我的经验是每次闹到最后总是绷着一张脸，不欢而散，有一次甚至争吵了起来。那个照相馆养了一只会说话的八哥，我坐定了，照相师傅说了一声：“笑一笑！”八哥就学着他的声音不停地叫着：“笑一笑！笑一笑！笑一笑！”我忍不住站起来问照相师傅：“你有什么权力叫我笑一笑呢？”他理直气壮地说：“还不是为了你好看。”

“我觉得我不笑比较好看。”

“我拍了几万人，他们总是笑的。”

“我就是我，不是几万人。”

…… ……

要不是陪我去的朋友把我劝开了，我们可能会大打出手。回家后我还为“笑一笑”这句话愤愤不已。后来想想也就算了，大家都笑，为何我不能笑呢？是不是我哪一根神经不对劲了呢？

反省归反省，对于在照相馆微笑，我是个死硬派，只好少上照相馆，少拍照为妙。最近，我自己也拍一些照片，但是我从来不敢叫人微笑，不敢在按快门时说："笑一笑！笑一笑！"因为我知道，人在面对照相机时的强颜欢笑都是很假的，不管笑得多美妙，都不是真正从心里发出来的微笑。我也发现，真正好的摄影师不会叫人做这做那，不会叫人"笑一笑"，因此照相馆的师傅是很难成为摄影师的，有一天他不叫人笑了，他就有希望了。

我多么希望我们能有一种照相馆，走进去时不是强光灯，而是动人的音乐；不是正襟危坐，而是舒适的摇椅；不是"笑一笑"，而是让我们放松肌肉，自由地想事情——在这种情况下，照相师傅可以在自然中捕捉到人们的神采，而不只是一个僵化的笑容。

我更有一个异想天开的想法。如果有一天我当上了单位主管，要招考新进职员，一定不考虑那些履历表的照片上有笑容的人——在照相馆能笑得出来的人，往往是生命不太有原则的人，或者说是对自己的喜怒哀乐没有原则的人。我建议他们去当影歌星、做推销员或者拉保险。

在实际生活里，我是个爱笑的人，也是个乐天的人，可是在照相馆的椅子上我总是忧郁的，这种叫人"笑一笑"的风气蔓延开来，就是对自由意愿的一种妨碍。照相师叫你"笑一笑"，军队里叫你"立正齐步走”，父母叫你考大学——让你在强光灯下正襟危坐，你变成几万人中的一个，你也就不存在了。

很久以前，大家在推展“微笑运动”，发现店员小姐、车掌[①]小姐的笑比不笑更难看。我想起一个故事——

一位航空公司的小姐正在机上服务。

一男乘客问她：“你为什么不笑一笑？”

“你以为笑很简单吗？”

“不难。”

“你笑给我看看。”

男乘客笑了，空中小姐说：“请你维持这样的笑容八个小时。”

这是个简单的故事，我想说的是：不要叫我们微笑了，“笑一笑”并不简单。

---

① 车掌：电车司机

火浴的金门

相思树是羽状叶，当我们抬头看被阳光穿透的枝叶时，就能看到每一棵树的枝叶的姿势都不同——这就是金门，它不只有规律、秩序，还有一种独到而活泼的美。

用心感知金门

几乎每个人在私心里都有到金门去的愿望，但是因为这个愿望实现的可能不太大，所以对金门，总是带着一种又神秘又向往的情愫。

金门虽然遥远，却又让每个人感到亲近。有的父母的子女曾在金门服役，有的少女的情人曾在金门服役，有的青年的朋友曾在金门服役——金门是如此活在每个人的生命当中。

可是，即使每个人都听说过金门，真正的金门和想象中还是有一点差距的，那不是三言两语可以说清楚的，只有亲身去体会了才能知道。

我们用眼睛看过，不能算到过金门；用脚走过，不能算到过金门。金门是要用心去感知的，只有感知隐在金门城那固若金汤的外表下的内里，才算到过金门。

那种感觉，就像我们看见一团熊熊大火，烧掉所有可烧的东西，然后一座金色的城池从灰烬中冉冉升起，耀眼晶明；当我们再次环顾四周，竟发现草色凝碧，树木葱郁，天是海一样澄澈的蓝，云是雪一样明亮的白，空气干净得没有一丝杂质。

金门在火里浴过，在水中洗过，用血汗灌溉过，在各种恶劣的环境下锻炼过，因此，它的茁壮就显得格外珍贵。

惊险的低空飞行

最近我有机会到金门去盘桓一段时间。在军用机场等飞机，天气恶劣，而到金门必须要从低空穿云而过，因此我们在机场足足等了八小时才登上开往金门的专机；也由于是低空飞行，飞机特别颠簸。从飞机上的小窗望出去，可以看到云朵从窗边一轮轮地滚过，偶尔穿出云层，就能看到台湾海岛的边岸，像刀一样锋利地切割着太平洋的海水。我能感觉到我们是要去一个战地。

金门第一眼给人的感觉是空旷而开朗的。从空中看，每一间屋宇，每一条道路，甚至连每一棵树都是整齐而干净的，台湾的任何一座城市都不能像金门有这种格局，它表现出来的风格是非常有力量的。

到金门时已快近黄昏了，太阳偏西，染出满天的红霞。我们马上趋车前往古宁头，沿着海岸的道路曲折蜿蜒，两边的银合欢和马樱花静静地享受着夕阳。

古宁头是一个有名的战地，在电影中，它往往也给我们留下深刻的印象，但是到了古宁头才知道，它并不是像我们想象中那样充满激情。那是一个冷清安静的地方，除了扩音器中播放的声音，在那里，我们只能听到海潮拍打岩岸的“哗哗”声。

古宁头的事迹真是有点远了……

大陆的景色深埋在模糊的远方……

有一位军官告诉我，如果想看大陆沿岸，在小金门的湖井头可以看得清晰，因为那是金门前线距离大陆最近的据点。

由于天已经快黑了，到小金门又必须乘船渡海，我们便计划着明天再去，然后搭车子驶过铺满晚霞的道路回梧江招待所。

金门的街道也是十分特别的景观，每条路都平直得像箭一样，没有红绿灯，没有喇叭声，也没有喧哗的人声。车子破风驶过，草香带着夕阳的霞彩，全部扑到车窗里面来了。如果我们眺望远方，一定有一个明确而稳定的方向。

树代表了金门精神

金门的树很美，大部分是相思树、苦楝、合欢，最多的自然还是相思树，挺挺然立在路的两旁。

种那些相思树要一点技巧，因为要使每棵树都种在笔直的一条线上，树与树之间也要维持相等的距离。它们就像金门的生活一样，永远遵循着一种无形的规律和秩序。

有人可能会觉得这样太呆板，幸而相思树的生命力非常强旺，在成长的过程中，它很快就会有分枝。每棵树的分枝都不同，于是当它长大了就有了不同的层次，错落有致，形成各种不同的趣味。

相思树是羽状叶，当我们抬头看被阳光穿透的枝叶时，就能看到每一棵树的枝叶的姿势都不同——这就是金门，它不只有规律、秩序，还有一种独到而活泼的美。

陪同我们的人说，三十年前的金门还是个十分荒凉的地方，这些树是靠着司令官的一个命令长成起来的。这个命令很简单：给每一个兵发几棵树，一棵树一条命。如今回想起来，我们还能体会到这强健的相思树是如何在呵护下成长的，呵护里有爱，有尊严，而活在爱与尊严中的生命，即便是小小的一棵树，也能长得很好吧。

从这些很少被人注意的相思树上，我能感受到金门的精神和金门的成长。金门就像一棵美丽而有生命的相思树，在本来无法存活的土地上，借着同胞的大爱与民族的尊严存活了，而且长得高大！

我说不出为什么喜欢金门的相思树。它就像童年时代梦想过的世界——每一条马路的两旁都有树，护卫着我们走向一个坚强的堡垒。

梧江招待所的花草树木更是多得不得了。庭园中铺着绒绒的朝鲜草，栽植着变叶木、玫瑰花、九重葛、吊钟花，还有芙蓉，还有一种不知名的花开得很旺盛。院子前种着几棵高大的松树、梧桐、白杨，几乎使人怀疑自己走进了江南的园林之中，白墙为纸，草木作绘，浑然是一幅精美的图画。

到金门的街上散步

金门人的热情和那里生产的高粱酒一样，是早就闻名的。我们在招待所内被金门的汉子灌得醉眼蒙眬，然后在观赏着厦门传送过来的福州戏电视节目时沉沉地睡去了。

醒来时，已是夜里十点。

我独自从招待所出来，沿着安静的小街走着。金门虽不是都市，但已经具备了市街的繁华，像刚新建起来的金城，已然和都市里的商店街一样了。金门的可爱在于它有一些旧的面貌，例如老房子、老街和老行业，还有坚强敦厚的人。

我在街里转呀转的，就走到了著名的石坊的街头。我站在那座雄伟的贞节牌坊前。星空已静，月色轻柔地洒照下来，我仰望着，竟莫名地感动起来。想起金门的朋友曾不止一次给我讲过关于上百个寡妇的故事——她们或死了丈夫，或丈夫到南洋经商毫无音讯，或被丈夫抛弃了，她们哀怨，但仍坚苦地生活着。

朋友讲这些故事的时候，喝了些高粱酒，满眼布满红丝，他就像翻开了一本厚厚的旧相簿，让我穿进时光的隧道之中，去体会那些贞节妇女的故事。

朋友说："由于金门的地理环境和历史背景，这里的男女老少都有一种强悍的性格，在金门没有成为军事重地以前，人们就是靠着强有力的意志生活着。"

我想，金门精神不一定要用固若金汤来表现，那些在烈火中焚烧的妇女也为这种精神作了见证。

据说在古宁头关公庙旁的南村和北村，每年关帝诞辰时总要狠狠地打上一架。用石头、木块，一直打到头破血流才停止，这个仪式叫"关公操兵"，第二天他们又和好如初了。从这里，我们也能知道金门的民性不是一天两天养成的。

夜里在宁静的金门散步，就像站在台风眼之中，听着呼呼风声，想着近百年来的中国历史，脉流澎湃，内心却是平静的。

历史演义里的英雄行径

金门的天亮得特别早，清晨五点，已经万籁俱响，柔美的阳光穿过梧桐，落在我的窗前。

我又走回牌坊街，那里白天的景色和夜间全然不同，卖菜刀的、卖烧饼油条的、卖海产杂货的，所有的店铺都苏醒了，一派热闹繁华的景象。许多商店是清朝建造的，暗红色的油漆斑斑点点剥落了，我想起许多金门的古老传说。

阳光遍洒在街道与市场上，许多穿着整齐军装的阿兵哥正在采购他们需要的菜蔬。喊价声、吆喝声、热情的交谈声，到处使人感到一种生命的气息。金门叫人喜爱，不只因为它有强固的力量，而且因为它有活泼可亲的一面。我在市场上穿梭，问了鸡肉、猪肉、蔬菜的价钱，比台北要便宜许多。穿出市场时，我看到电影院的大招牌，上头写着正在放映《拒绝联考的小子》、《套房出租》、《今日看我》、《孤独名剑》等电影，这让我想起了电影院的诸多景象。当天，我去了金门酒厂，看了金门的酿酒；去了金门陶瓷厂，看了精美的瓷器。金门的酒和瓷器都是闻名中外的。光是酒，每年就有二百五十万公斤的生产量。金门不仅是产烈酒的地方，也是宜于喝烈酒的地方。在古宁头痛饮黄龙，在马山醉卧听潮声，恐怕才是历史演义里的英雄行径吧！

金门有三千三百四十家商店和工厂。

金门的农作物年产五千六百余万公斤。

金门有渔船三百余艘，年渔获量四百余万公斤。

金门有公路三百六十一公里，各种车辆两千余辆。

金门有……

金门有各种显示它进步的数目和事物，但是对我而言，最实在的是到各条街上走一遭，痛饮一回高粱酒，听金门的老人家谈些逐渐被人遗忘的故事，在贞节牌坊下沉思一个夜晚。试试把一小瓶高粱酒倒在碗中，引火燃烧，烧到一半把火吹熄，再把剩余的酒喝进腹中，让自己浴在火里——这就是金门!

浪漫与沉静的一面

也许有人会说，怎么金门只有强悍的精神和活泼的气息呢？一定还有别的吧?

好，我带你们去看看金门的古迹。

金门的古迹之美，是生长在台湾的人难以想象的。无论走到哪个乡村，你都能看到一些民房，或是明代的，或是清代的，或是民初的，房屋的燕尾、马背、门窗，我们只有在梦中见过。

运气好的话，会看到马拖着犁在土地上耕耘的情景，前面是褐色的高粱田，背后是红砖造的燕尾民房，远处是大海连着蓝天，抬头望去是一团团鲜白的云。这真是一个有颜色、有光彩、有气象的地方！

我去过山后村中堡的民俗文物村，那是由十八栋具有中原风格的古屋组成的，每一个角落都精致得如同一首典雅的诗歌。我在民俗村的一扇门上看到这样的对联：

大乐同天地

斯言贯古今

这副对联很能表现民俗村的内里。这是由体天之性与自然同声的中国哲学所建构出来的精致的建筑，而且它说明了一首诗，这诗中之意是可以千古流传的。

后来我又去参观了金门的榕园，榕园曾经出过七十几个做官的人，过去曾被风沙淹没，如今都整理出来了，铺满了翠绿的绒草，四周被榕树密密地掩映着，里面摆满了金门民间的历史资料。我绕到屋后，看到屋顶上一座神貌威武的瓦将军，作势欲扑，瓦将军下边是一个青衫少年，使我思念起三国的“周郎赤壁”。

我永远也不能忘记在民俗村的那个下午，面对大海，一口一口饮着乌龙茶。

那是个浪漫的午后，看着夕阳沉静地落入海中，我才起身离去。

火浴的金门

我不知道要如何描述金门。

它是在火浴中成长起来的，我在那里住了几天，好像也在火中洗了一次澡一样。尤其是当我从小金门湖井头远望大陆时，看潮声惊起千堆雪，看大陆的渔民扯起补了又补的帆归航，我的心刺痛得像在火里烧过一样。

用舌头探访台湾

我爱都市生活，但是我更爱用手去做一切自然的事，所以农场生活更能满足我。社会虽然这么进步着，但一个人不应该忘记自己的根在土地上，不能忘记自己的背景。

舌头的旅行

《国家地理》杂志派了三位工作人员到台湾作一个完整的报道，他们将在台湾停留一个月的时间（摄影师赵震群要停留两个月），其中诺尔·格劳弗是杂志的主要作家之一，他在杂志社工作了十年，足迹遍及欧、美、亚、非四大洲，写过许多重要的报道。

编辑助理李舒珊曾在国内的《汉声杂志·英文版》担任过一年多的编辑，对政治、经济、社会、文化、艺术都有深入的了解，此次受聘地理杂志重履台湾，担任策划及翻译的工作。

摄影师约翰赵是华裔美国人，只有二十六岁，是相当受重视的自由摄影家，他的作品多数发表在《GEO》杂志上，此次也是受地理杂志特聘前来台湾工作。

我和李舒珊原是老友，通过她的安排，我得以带他们前往台北近郊的淡水镇去采访，我主要的用意是：首先，国内发展报道文学、报道摄影已有多年，《国家地理》杂志乃是世界公认的一流的报道类杂志，了解他们的工作方式，也许对国内的报道工作者有一些帮助；其次，他们在淡水这个具有特殊风格及历史背景的小镇中，也一定可以寻访到一些台湾乡镇改变的痕迹。可惜的是，摄影家要到元月十九日才抵达台湾，不能与我们同行。

诺尔对于将要到达的淡水，充满了热切的期待。他穿着绿色大夹克、牛仔裤，戴了一顶蓝色的船长帽子，轻便明朗，浑身充满活力，一点都不像四十二岁的中年人。舒珊曾经多次游淡水，已经可以做向导了。

我问起摄影家与作家没有一起采访一个地方，回去以后他们如何配合。

诺尔说："我们的写作者和摄影师一向是分开作业的，因为文章和照片都是独立的，它们各自就可以充分地表达了，不需要配合，也不会相互干扰。在版面上的配合是文字编辑和图片编辑的工作。”

诺尔对淡水的一切都觉得好奇而新鲜，他对周遭的事物保持了高度的好奇心，随时在口袋里的小笔记本上记下他看到的一切。甚至在吃饭的时候，也是吃一口问一句，问是什么食物、怎么做，以及有什么特别的意义，然后在笔记本里写下一大段。他认为中国的“吃”是世界上最伟大的“吃文化”。

在台湾短短的几天内，他已经吃过了北京菜、江浙菜、四川菜、广东饮茶、徐州啥锅，还有华西街的台湾小吃。他说：“到台湾来简直就是舌头的旅行，什么东西都好吃，吃的时候都有惊奇，中国人怎么想得出这么多伟大的方法来做食物?”

到新的地方马上感觉那个地方

诺尔在工作的历程中采访过许多地方，我问他对台湾的印象如何。

他说：“我到台湾以后有两个印象，第一个印象是民众的精神很好，第二个印象是经济在进步。我每次去采访一个地方，一到达马上就去感觉。一个地方是悲观还是乐观，是你可以感觉得到的，台湾给我的感觉就是乐观积极。”

“你到台湾以前，对台湾的了解如何？”

“我在读大学的时候，知道台湾是亚洲一个自由的堡垒。后来进入了社会，读过很多报道，有的说台湾是经济发达、自由的地方，有的说台湾是自由较少的地方，我想自己来看看，比较能正确地了解。”

“来台湾做报道的动机是什么？筹备了多久？”

“我们到台湾采访，主要是因为台湾的经济奇迹是亚洲经济发展的一个典范。我们在编辑部的筹备工作大概进行了两个月的时间，但并不是详细的计划，我们一向都是到了要采访的地方以后才开始详细地计划。”

他们这一次的详细计划是先在台北停留十天，了解台湾的经济、社会、文化、艺术的背景以后，再到中南部和东部走访十天，亲自观察台湾的都市和乡村，最后的几天则作综合性的访问。

李舒珊说，他们有一张十分完整的行程表。他们已经访问过的地方有外贸协会、交通银行、博物院等。他们与博物院院长谈过古物保存的问题，与《环球经济》月刊的社长谈过经济问题，与高信强、林怀民、许博允谈过文化艺术的发展问题。

诺尔是个细心的人，他对每天的访问都做了完整的笔记，还把打字机带到台湾，每天在饭店里整理出初步的文稿。

要写的东西太多了

诺尔他说："我每次访问一个地方花费一两个月的时间，地理杂志能刊登的只有五千字，所以回美国后我都很难过，因为要写的东西太多了。像我这一次来台湾，光是'故宫博物院'就可以写一篇文章了，吃的东西也可以写几篇文章，我来三天就能写五千字了，可惜有很多都用不上。短的文章其实比长的文章更难写。"

"文章写好后，编辑部如何处理呢?"

诺尔说："文章写好以后交给杂志社的研究部门，研究所得的资料和意见，求证事实，删改修正，直到确定文章中的数据完全没有问题时才交给编辑部编排刊出。”

“通常一篇文章从写完到刊登大约要多久？”

“约需要半年到一年的时间才能刊登出来。像我去年采访非洲，写了一篇有关动物走私的文章，预计今年三月可以刊登出来。”

所以，《国家地理》杂志上的文章，都是出刊的半年前就完成了的，从这里也可以看出其严肃的工作态度。诺尔说，他在地理杂志工作十年，一共写过十五篇重要的大报道，也可见写一篇报道的艰辛。平常他也写一些短的报道。

《国家地理》杂志已经成为一份有影响力的国际性杂志了，工作人员都是经过严格的甄选的，大部分是有写作和摄影经验的人。

诺尔从事采访工作已经有十六年，他大学是英国文学系的，很喜欢文学，毕业后曾在肯萨斯州一个新闻社当过六年的记者。后来，他受地理杂志图片总编辑凯伦·帕特森夫人的赏识，进入《国家地理》杂志。起初他担任的是图片编辑助理，专门撰写图片说明，后来才升任采访写作，现在的职位是主笔。他每星期上班两三天，其他的时间都在家写作。

问到他对现在的工作的感觉，诺尔用了一句非常简短的话回答：“我非常热爱我的工作。”

喜欢比太阳早起

我带诺尔和舒珊到淡水龙山寺喝老人茶、嗑瓜子。诺尔显然很喜欢龙山寺的情调，这也表现了他的智慧。

当我告诉他，龙山寺老人茶的茶具几十年未曾洗过，才能保住它的甘醇——和他几天前吃的徐州啥锅一样，那个锅也是数十年未洗的老锅。他伸伸舌头说：“老人茶和啥锅都是艺术，因为你喝的时候永远是热的，中国文化经过几千年还是温热的。”

然后他就感叹起来了，说：“美国人吃东西讲究快速和清洁，可是快速和清洁就使很多食物没有味道了。”

吃瓜子，他也有见解：“吃瓜子是聪明的办法，既享受到吃的乐趣，又不会吃胖。”

我们曾经一起到红宝石酒楼饮茶，他对广东人吃的功夫大为敬佩——几乎所有的点心都是好几样东西切碎配合起来的，这种高超的调配技术绝不是几十年的发展就能做到的。在淡水河的河口旁边吃鱼丸汤，他发现鱼丸中包了碎肉，又是都赞叹不止。

诺尔也有有他感性的一面，我们一边喝茶一边谈起了他的童年生活。

他出生在爱荷华州，小时候家里有两百英亩的农场，他说："我们家种了玉米、黄豆和大麦，还养了许多牛、猪、鸡。"他很怀念童年的农场生活，他认为那与他后来的写作生活有绝对的关系，他说："我认为一个人长大以后的特色和想法，都是从小时候慢慢建立起来的。对于我而言，写作和做农夫一样，两者都是用手耕作。"

诺尔到现在还保持着童年的生活习惯。他每天工作到十一点就一定就寝，早上四点半或五点就起床，开始一天的工作。他说："我喜欢在太阳没有出来以前起床，看天色一点一点亮起来。"

童年的生活使他对生命、自然、地理景观充满了热爱。他们在爱荷华州的农场现在由他大哥经营，已经扩大为几百英亩了，他自己在维琴尼亚州有个小农场，养马和乳羊。从农场去上班要开一个半小时的车，他说："我觉得最理想的生活是半天写文章，半天做农夫。”

“你出生在农场，酷爱农场生活，那对都市生活的感觉怎样?”

“我觉得都市生活有很多乐趣，譬如你可以去听交响乐演奏，去接触好的艺术，我爱都市生活，但是我更爱用手去做一切自然的事，所以农场生活更能满足我。社会虽然这么进步着，但一个人不应该忘记自己的根在土地上，不能忘记自己的背景。”

帝国主义的脚印

我带诺尔和舒珊去参观淡水的红毛城。我告诉诺尔红毛城以前是英国的领事馆，被英国占据了将近两百年的时间，一直到去年七月一日才正式收归中国所有，他显得非常惊讶。

还有令他更惊讶的事情，那就是这座堡垒式的城池，曾被西班牙人、荷兰人、日本人的足迹践踏过，它是中国近代一页简短的沧桑史。

后来我们在淡水老街散步，这些近代的沧桑都在一间间的老房子里得到了印证。淡水的街道异常狭窄，诺尔说：“一直被占领，难怪不能扩建发展。”

我们在清水祖师庙前巧遇了到淡水的老镇长陈根旺，他会说一点英语，知道诺尔是《国家地理》杂志的作家，格外高兴，一路领我们参观祖师庙，还告诉我们应该去看看去年才收回的红毛城。可见一般的乡镇人对这个帝国主义的小堡垒是多么关心了。

陈根旺镇长要招待我们吃晚餐，一再强调淡水和加利福尼亚州的一个小乡镇是姊妹镇，一口咬定诺尔是加州来的，而且镇长的大儿子也在美国读书，和诺尔的关系一定非比寻常。我们婉谢了陈镇长的好意，但他的友好给诺尔留下了深刻的印象。

我们一路散步到淡水河口，探访了卖古董的小店、卖手工竹器的小铺子，还有卖鲜鱼的小摊贩，诺尔边走边在笔记里记下了他对淡水小镇的思考。

走到河口的时候，夕阳刚刚沉落到水面下，留下满天的残霞，岸边是许多捕鱼回来的小渔船，正“突突突”地靠岸。

我告诉诺尔：“淡水的落日是台湾最好的夕阳。”

他深吸一口气说：“能暂时离开都市是现代人最大的享受。”

诺尔有惊人的观察力，这一点，从他告诉我的两件小事可以看出来。

第一件事是，他在华西街来来往往的人群中看到杀蛇卖蛇血的人，他说："华西街虽然有阴暗的地方，但还是可以看出它是个生动活泼的地方。"

第二件事是，他住在希尔顿饭店的第一天就看到一个外国人抱着两个中国女孩，一副很亲热的样子，但是他看得出他们不是很熟。他猜测那里可能有色情交易，便格外留意。第三天夜里，他听到隔壁房间有敲门声，一打开门看见一个浓妆艳抹的中国女孩正在敲外国观光客的门，她是来谈交易的。他问我："为什么她们不来敲我的门？大概是因为我没有穿最贵的皮鞋和最好的衣服吧！"说完纵声笑起来，他笑得让我觉得脸红。

台湾啤酒世界第一

元月十五日，诺尔租了一部车子，亲自开车前往中南部和东部的各地访问。对这次旅行，他抱着相当大的期望，他说："在台湾有这么好的'吃的风俗'，我恐怕主要还是用舌头吧！"

诺尔喜欢喝酒，他到台湾喝啤酒，只一口就不能忘，他下了一个诚恳的评语："台湾啤酒真是棒，世界第一。"

我们在淡水访问了一天。诺尔是个平实的写作者，他的经验说不定可以给从事报道文学的人一些可贵的启示。

现代寓言二则

那人很得意，因为他把狗训练得像猴子，把猴子训练得像狗，可是猴子到底不是狗，狗也不是猴子。到最后，他养的不是一只猴子和一只狗，而是两只『猴子与狗』。

断臂的国王

有个断臂的国王
要订做一件新衣

第一个裁缝为他缝了一件
只有一个袖子的新衣
国王把这裁缝杀了

第二个裁缝为他缝了一件

两个袖子的新衣

国王也把那裁缝杀了

第三个裁缝说

我不能做新衣

因为您只有一只手

国王把他也杀了

夜里

国王脱光衣服

看自己的一只断臂

偷偷地哭泣

因为他找不到裁缝

为他做新衣

后来有一个裁缝为国王做了一件

没有袖子的衣服

将国王的手与他的断臂
隐藏在麻袋似的衣中
国王很高兴地对裁缝说：
从日出到日落，你跑过的土地都赐给你

裁缝为了得到更广大的土地
一路没命地奔跑
最后死在日落时的黄沙里
裁缝终于得到他的土地
他的土地是
一个仅能容纳他尸体的地方

裁缝的悲剧是
为了土地忘记自己是个裁缝
国王的悲剧是
他得到的新衣根本不是一件衣服
国王穿新衣时伪装地笑着

脱光了衣服

便躲在无人的地方对镜

看自己残缺的肢体偷偷哭泣

因为

他再也找不到第五个裁缝

有一个江湖传闻说

国王有一天醉酒

褪下他的新衣

赤身跑进森林里去

那国

便没有了国王

那国

也没有了裁缝

那国

只剩下一批裸身的男女

附记：

这不是诗，而是一个分行的寓言，是我在南部旅游时听闻某位朋友结婚，在飞机上写成的，它揉碎了四个西方寓言重新组合，我试图赋予其新意。“国王”是指未婚的男女，“新衣”是指婚姻，“裁缝”是每人对婚姻的努力。

猴子与狗

有一个人养了一只猴子和一只狗，每天他带着狗和猴子到大街上跑步。狗跑得很快，人在中间追着，而他的后面又拖着那只蹒跚追赶的猴子。猴子不得不用手和脚一起跑，手脚都跑出了伤痕，结疤再磨破，再长出新的皮。

日子久了以后，猴子也跑得快了，几乎能追上前面的狗。

那人为了方便起见，每天给狗和猴子吃同样的食物。餐食有时只是两根香蕉，猴子吃香蕉吃得快，有时来抢狗的香蕉，狗为了保护香蕉，常连皮一起吞进肚里。

日子久了以后，狗也学会剥香蕉，几乎和猴子同样的速度吃完香蕉。

那人很得意，因为他把猴子训练得像狗，把狗训练得像猴子，可是猴子到底不是狗，狗也不是猴子。到最后，他养的不是一只猴子和一只狗，而是两只“猴子与狗”。

附记：

某日，沿家门前散步，见人带一猴子与狗散步，猴在后跟着，状甚苦，有感。我想起了我们的教育制度。

图书在版编目（CIP）数据

从容彼岸是生活 ： 一滴水到海洋 / 林清玄著.—
北京 ： 线装书局，2012.11
ISBN 978-7-5120-0746-8

Ⅰ. ①从… Ⅱ. ①林… Ⅲ. ①散文集－中国－当代
Ⅳ. ①I267

中国版本图书馆CIP数据核字(2012)第264600号

本书由台北九歌出版社有限公司授权出版

从容彼岸是生活：一滴水到海洋

著　　者： 林清玄
责任编辑： 张媛媛　孙嘉镇
排版设计： 李　萌
出版发行： 线装書局
地　址：北京市西城区鼓楼西大街41号（100009）
电　话：010-64045283　64041012
网　址：www.xzhbc.com
经　　销： 新华书店
印　　制： 北京慧美印刷有限公司
开　　本： 787mm×1092mm　1/16
印　　张： 16
字　　数： 125千字
版　　次： 2013年2月北京第1版　2013年2月第1次印刷
印　　数： 20000册

定　　价： 29.80元